TRANZLATY

El idioma es para todos

Bahasa adalah untuk semua orang

La Transformación
(*La Metamorfosis*)
Metamorfosis

Franz Kafka

Español

Bahasa Melayu

www.tranzlaty.com

Primera parte
Bahagian Satu

Gregorio Samsa se despertó una mañana de un sueño intranquilo.

Gregor Samsa terjaga pada suatu pagi daripada mimpi yang mengganggu.

Se encontró en su cama, pero incapaz de moverse.

Dia mendapati dirinya berada di atas katilnya, tetapi tidak dapat bergerak.

Se había transformado en una alimaña monstruosa.

Dia telah berubah menjadi seekor hama yang mengerikan.

Estaba acostado boca arriba, sobre su espalda, que estaba dura como una armadura.

Dia berbaring terlentang, yang keras seperti perisai.

Levantando un poco la cabeza podía ver su barriga.

Dengan mengangkat kepalanya sedikit dia dapat melihat perutnya.

Pero su vientre estaba abovedado y dividido en segmentos.

Tetapi perutnya berbentuk kubah, dan terbahagi kepada beberapa bahagian.

La manta descansaba encima de su vientre redondeado.

Selimut itu diletakkan di atas perutnya yang bulat.

Pero la manta estaba a punto de caerse por completo.

Tetapi selimut itu hampir meluncur ke bawah sepenuhnya.

Sus piernas eran lamentables comparadas con su tamaño habitual.

Kakinya sangat menyedihkan berbanding saiznya yang biasa.

Y sus muchas piernas se movían impotentes ante sus ojos.

Dan kakinya yang banyak berkelip-kelip tak berdaya di depan matanya.

"¿Qué me ha pasado?" pensó para sí.

"Apa yang telah terjadi kepadaku?" fikirnya sendirian.

Pero no era un sueño del que no pudiera despertar.

Tetapi itu bukanlah mimpi yang dia tidak dapat bangun daripadanya.

En realidad era su propia habitación la que él se encontraba.

Ia benar-benar biliknya sendiri yang dia berada di dalamnya.

Un auténtico espacio para humanos, aunque un poco pequeño.

Bilik sebenar untuk manusia, tetapi agak terlalu kecil.

Él yacía tranquilamente entre las cuatro paredes conocidas.

Dia berbaring dengan tenang di antara empat dinding yang terkenal itu.

Sobre la mesa había una colección de muestras textiles.

Di atas meja terdapat koleksi sampel tekstil.

Samsa era un vendedor ambulante, de ahí las muestras.

Samsa ialah seorang jurujual keliling, oleh itu sampel-sampel itu diambil.

Encima de las muestras textiles desmontadas había una imagen.

Di atas sampel tekstil yang telah dibongkar terdapat sebuah gambar.

Recientemente había recortado la imagen de una revista.

Dia baru-baru ini telah memotong gambar itu daripada sebuah majalah.

Había colocado el cuadro en un bonito marco dorado.

Dia telah meletakkan gambar itu dalam bingkai yang cantik dan disepuh emas.

El cuadro enmarcado mostraba a una dama sentada erguida.

Gambar berbingkai itu menggambarkan seorang wanita duduk tegak.

Llevaba un gorro de piel y tenía un manguito de piel.

Dia memakai topi bulu, dan memakai sarung tangan bulu.

Ella estaba levantando su mano hacia el espectador de la imagen.

Dia mengangkat tangannya ke arah pemapar gambar itu.

Todo su antebrazo desapareció dentro de su pesado manguito de piel.

Seluruh lengan bawahnya hilang di dalam sarung tangan berbulu tebalnya.

Gregor miró por la ventana el clima gris.

Gregor memandang melalui tingkap ke arah cuaca yang suram.

Se podía oír fuertes gotas de lluvia golpeando la ventana.
Terdengar titisan hujan lebat menghempas tingkap.
El clima gris lo hacía sentir muy melancólico.
Cuaca yang mendung membuatnya berasa sangat melankolis.
"¿Qué tal si duermo un poco más?" pensó.
"Apa kata aku tidur lebih lama sikit?" fikirnya.
"Dormir más podría ayudarme a olvidar estas tonterías".
"Tidur lebih lama mungkin boleh bantu aku lupakan benda mengarut ni."
Pero dormir más era completamente inviable.
Tetapi untuk tidur lebih lama langsung tidak mungkin.
Porque estaba acostumbrado a dormir sobre su lado derecho.
Kerana dia sudah biasa tidur mengiring ke kanan.
Pero su estado actual le impedía realizar sus movimientos habituales.
Tetapi keadaannya sekarang menghalang pergerakannya yang biasa.
No tenía forma de llegar a esa posición.
Dia langsung tidak mempunyai cara untuk berada dalam kedudukan ini.
Intentó con todas sus fuerzas lanzarse hacia su lado derecho.
Dia cuba sedaya upaya untuk meniarap ke sebelah kanan.
Probablemente intentó este movimiento cientos de veces.
Dia mungkin telah mencuba pergerakan ini seratus kali.
Pero él siempre volvía a la posición supina.
Tetapi dia sentiasa bergoyang kembali ke posisi terlentang.
Cerró los ojos para no ver sus piernas inquietas.
Dia memejamkan matanya supaya tidak melihat kakinya yang terhuyung-hayang.
Al final el dolor le impidió intentarlo de nuevo.
Akhirnya kesakitannya menghalangnya daripada mencuba lagi.
Un dolor sordo en el costado que nunca había sentido antes.
Rasa sakit yang tumpul di sisinya yang tidak pernah dirasainya sebelum ini.
«Oh Dios», pensó desesperado Gregorio Samsa.

"Ya Tuhan," Gregor Samsa berfikir dengan terdesak dalam hati.

¡Qué profesión tan agotadora he elegido para mí!

"Betapa beratnya profesion yang telah saya pilih untuk diri saya sendiri!"

"Día tras día tengo que viajar por trabajo".

"Hari demi hari, saya perlu melancong ke sana ke mari untuk urusan kerja."

"El trabajo de oficina es mucho más fácil que trabajar fuera de casa".

"Kerja pejabat jauh lebih mudah daripada bekerja di jalan raya."

"Y tengo la maldición de tener que viajar."

"Dan saya mempunyai sumpahan untuk terpaksa mengembara ke sana ke mari."

"Todas las preocupaciones por llegar a tiempo a los trenes."

"Semua kebimbangan tentang tiba tepat pada masanya untuk menaiki kereta api."

"Mis horarios de comida son irregulares y la comida es mala".

"Waktu makan saya tidak teratur, dan makanannya tidak sedap."

"Mis amigos siempre están cambiando de ciudad en ciudad."

"Kawan-kawan saya sentiasa bertukar dari bandar ke bandar."

"Las interacciones que tengo son frías y profesionales".

"Interaksi saya adalah dingin dan profesional."

"¡Dejad que el Diablo se divierta con este tipo de trabajos!"

"Biarlah Iblis menghiburkan dirinya dengan kerja macam ni!"

Sintió un ligero picor en la parte superior del estómago.

Dia terasa sedikit gatal di bahagian atas perutnya.

Se apoyó contra el poste de la cama, con la espalda.

Dia menolak dirinya ke tiang katil, dengan belakangnya.

Quería poder levantar mejor la cabeza.

Dia mahu dapat mengangkat kepalanya dengan lebih baik.

Encontró el punto que le picaba y le molestaba.

Dia menemui tempat gatal yang mengganggunya.

Su cabeza parecía estar cubierta de pequeños puntos blancos.
Kepalanya seolah-olah dipenuhi dengan bintik-bintik putih kecil.
No podía decir qué eran esos pequeños puntos blancos.
Dia tidak dapat memastikan apakah titik-titik putih kecil ini.
Había planeado tocar el lugar con una de sus piernas.
Dia telah merancang untuk menyentuh tempat itu dengan sebelah kakinya.
Pero cuando tocó el lugar sintió un extraño escalofrío.
Tetapi apabila dia menyentuh tempat itu, dia merasakan kesejukan yang aneh.
Entonces inmediatamente retiró la pierna del lugar.
Jadi dia segera menarik kakinya menjauhi tempat itu.
No tuvo más remedio que aceptar la sensación de picazón.
Dia tiada pilihan selain menerima rasa gatal itu.
Y volvió a su posición anterior en la cama.
Dan dia kembali ke posisi sebelumnya di atas katil.
"Despertarse tan temprano realmente te vuelve bastante estúpido".
"Bangun awal sangat membuatkan seseorang itu agak bodoh."
"Un hombre debe dormir lo suficiente", pensó.
"Seorang lelaki mesti cukup tidur," fikirnya dalam hati.
"Los demás vendedores ambulantes viven una vida de lujo."
"Jurujual keliling yang lain menjalani kehidupan yang mewah."
"Por la mañana transfiero los pedidos que he recibido."
"Pada waktu pagi saya akan memindahkan pesanan yang saya terima."
"Mientras tanto esos señores todavía están desayunando."
"Sementara itu, tuan-tuan itu masih bersarapan."
"Imagínese si intentara hacer eso con mi jefe".
"Bayangkan sahaja jika saya cuba melakukan itu dengan bos saya."
"Me despediría antes de terminar mi desayuno."
"Dia akan memecat saya sebelum saya selesai sarapan pagi."
"Pero quizá eso tampoco sería lo peor."

"Tetapi mungkin itu juga bukan perkara yang paling teruk."
"El problema es que mis padres me están frenando".
"Masalahnya ialah ibu bapa saya menghalang saya."
"Si no fuera por ellos ya habría dimitido."
"Kalau bukan kerana mereka, saya pasti sudah meletak jawatan."
"Me habría enfrentado al jefe y se lo habría dicho".
"Saya pasti akan menentang bos dan memberitahunya."
"Diría exactamente lo que pienso de él y del trabajo".
"Saya akan mengatakan apa yang saya fikirkan tentang dia dan pekerjaan itu."
"¡Se caería del escritorio si le contara todo!"
"Dia akan jatuh dari mejanya kalau aku ceritakan semuanya!"
"Es muy extraña la forma en que se sienta en su escritorio".
"Sangat pelik cara dia duduk di atas mejanya."
"La forma en que habla con sus subordinados no es correcta".
"Cara dia bercakap dengan orang bawahannya tidak betul."
"Y lo peor es que su audición es muy pobre".
"Dan bahagian yang paling teruk ialah pendengarannya sangat lemah."
"Así que no te queda otra opción que sentarte muy cerca de él."
"Jadi, awak tak ada pilihan selain duduk dekat dengan dia."
Pero dicho todo esto, la esperanza no está completamente perdida todavía.
"Tetapi walaupun begitu, harapan masih belum hilang sepenuhnya."
"Ahorraré el dinero para pagar la deuda de mis padres".
"Saya akan menyimpan wang itu untuk membayar hutang ibu bapa saya."
"No puedo hacer nada mientras todavía le deban dinero".
"Saya tak boleh buat apa-apa selagi mereka masih berhutang wang kepadanya."
"Pero cuando la deuda esté pagada definitivamente lo haré."
"Tetapi apabila hutang itu dibayar, saya pasti akan melakukannya."

"Probablemente tomará otros cinco o seis años."
"Ia mungkin akan mengambil masa lima hingga enam tahun lagi."
"Sí, entonces definitivamente se hará la gran separación".
"Ya, kalau begitu pemisahan besar pasti akan dibuat."
"Por el momento, sin embargo, debo levantarme de la cama."
"Buat masa ini, saya mesti bangun dari katil."
"Porque mi tren sale a las cinco en punto."
"Sebab kereta api saya akan berlepas pukul lima."
Gregor miró el despertador que sonaba sobre la mesa.
Gregor memandang jam loceng yang berdetik di atas meja.
"¡Padre Celestial!" pensó al ver la hora.
"Bapa Syurgawi!" fikirnya ketika dia melihat waktu.
Las seis y media ya habían pasado silenciosamente.
Pukul enam setengah sudah pun pergi dan berlalu secara senyap-senyap.
Y las manecillas del reloj seguían avanzando.
Dan jarum jam itu terus bergerak ke hadapan.
Y ahora se acercaba la cuarta hora menos cuarto.
Dan kini waktu hampir pukul tujuh kurang suku.
"¿Quizás la alarma no sonó para despertarme?", pensó.
"Mungkin penggera tak berbunyi untuk mengejutkan aku?" fikirnya.
Desde la cama Gregor inspeccionó el despertador.
Dari katilnya Gregor memeriksa jam loceng.
El despertador estaba programado exactamente para las cuatro.
Jam loceng telah ditetapkan dengan betul pada pukul empat.
No podía explicarlo, pero la alarma debió haber sonado.
Dia tidak dapat menjelaskannya, tetapi penggera itu pasti telah berbunyi.
"¿Cómo pude dormirme a pesar de la alarma sin darme cuenta?"
"Macam mana saya boleh tidur walaupun alarm berbunyi tanpa sedar?"
Cuando suena la alarma incluso sacude los muebles.

Apabila ia berbunyi, penggera itu juga akan menggegarkan perabot.

Sabía que su sueño no había sido para nada tranquilo.

Dia tahu bahawa tidurnya langsung tidak nyenyak.

Pero quizá por eso su sueño era mucho más profundo.

Tetapi mungkin itulah sebabnya tidurnya jauh lebih nyenyak.

Tenía que pensar qué debía hacer ahora.

Dia perlu memikirkan apa yang perlu dia lakukan sekarang.

El siguiente tren no salía hasta las siete.

Kereta api seterusnya tidak berlepas sehingga pukul tujuh.

Coger ese tren sería casi imposible.

Naik kereta api itu hampir mustahil.

Y aún no había empacado los textiles que necesitaba.

Dan dia belum lagi membungkus tekstil yang diperlukannya.

Tampoco se sentía especialmente fresco y ágil.

Dia juga tidak berasa begitu segar dan tangkas.

Quizás había una posibilidad de subir al tren.

Mungkin ada peluang untuk menaiki kereta api.

Pero de todas formas, un regaño por parte del jefe era inevitable.

Tetapi teguran daripada bos tidak dapat dielakkan dalam apa jua cara.

El empleado habría subido al tren de las cinco.

Kerani itu pasti akan menaiki kereta api pukul lima.

El oficinista era una criatura sin carácter del jefe.

Kerani pejabat itu memang makhluk bos yang tidak bertulang.

Así que la ausencia de Gregor ya habría sido informada.

Jadi ketiadaan Gregor pasti telah dilaporkan.

"¿Qué pasa si llamo para avisar que estoy enfermo?" Gregor estaba pensando.

"Bagaimana kalau saya panggil sakit?" Gregor sedang berfikir.

Pero eso sería extremadamente embarazoso y sospechoso.

Tetapi itu akan menjadi sangat memalukan dan mencurigakan.

Gregor nunca había estado enfermo durante el tiempo que trabajó allí.

Gregor tidak pernah sakit semasa dia bekerja di sana.

Y ya les había dado cinco años de servicio.

Dan dia telah memberi mereka perkhidmatan selama lima
tahun.

Lo más probable era que el jefe viniera a ver cómo estaba.

Kemungkinan besar bos akan datang untuk bertanya
khabarnya.

Probablemente traería al médico del seguro médico.

Dia mungkin akan membawa doktor insurans kesihatan itu.

Y culparía a los padres por la pereza de su hijo.

Dan dia akan menyalahkan ibu bapanya atas anak lelaki
mereka yang malas.

No podrían hacerle ninguna objeción.

Mereka tidak akan dapat membuat sebarang bantahan
terhadapnya.

Porque para él sólo había dos clases de trabajadores.

Kerana baginya hanya ada dua jenis pekerja.

**O bien los trabajadores estaban completamente sanos o bien
eran reacios al trabajo.**

Sama ada pekerja sihat sepenuhnya, atau malu bekerja.

¿Y estaría equivocado en ese análisis básico?

Dan adakah dia akan salah dalam analisis asas itu?

Ciertamente, en este caso tenía un argumento sólido.

Sudah tentu, dalam kes ini, dia mempunyai hujah yang
kukuh.

**A pesar de su apariencia, Gregor en realidad se sentía
bastante bien.**

Walaupun penampilannya, Gregor sebenarnya berasa agak
sihat.

**El sueño innecesariamente largo lo dejó un poco
somnoliento.**

Tidur yang lama dan tidak perlu itu membuatnya sedikit
mengantuk.

Pero aparte de eso no podía quejarse de enfermedad.

Tetapi selain itu dia tidak boleh mengadu sakit.

Incluso sintió un hambre especialmente fuerte y saludable.

Dia juga merasakan kelaparan yang sangat kuat dan sihat.

Mientras pensaba estos pensamientos el reloj volvió a sonar.

Sedang dia memikirkan semua ini, jam berdenting lagi.

Según la alarma eran ya las siete menos cuarto.

Menurut penggera, sekarang pukul tujuh kurang suku.

Y ahora también se oyó un suave golpe en la puerta.

Dan kini kedengaran juga ketukan lembut di pintu.

—Gregor —lo llamó alguien. Era la madre.

"Gregor," seseorang memanggilnya – itu ibunya.

"Son las siete menos cuarto", confirmó la alarma.

"Dah pukul tujuh kurang suku," dia mengesahkan penggera itu.

¿No querías irte?, preguntó la suave voz.

"Awak tak nak pergi ke?" tanya suara lembut itu.

Gregor se asustó cuando oyó su voz respondiendo.

Gregor takut apabila dia mendengar suaranya menjawab.

La voz seguía siendo la voz que siempre tuvo.

Suara itu masih suara yang selalu dia dengar.

Pero ahora había un nuevo sonido mezclado en su voz.

Tetapi kini ada bunyi baru yang bercampur dengan suaranya.

Desde lo más profundo de él también salió un doloroso chillido.

Dari lubuk hatinya yang dalam, satu deruan yang menyakitkan juga keluar.

Al principio su voz parecía formar palabras con claridad.

Pada mulanya suaranya seolah-olah membentuk kata-kata dengan jelas.

Pero entonces Gregor escuchó el eco mental de su voz.

Tetapi kemudian Gregor terdengar gema mental suaranya.

La grabación de su voz se interrumpió de una manera extraña.

Rakaman suaranya terputus dengan cara yang pelik.

Y no estaba seguro de si había escuchado las cosas correctamente.

Dan dia tidak pasti sama ada dia mendengar sesuatu dengan betul.

Gregor sintió un profundo deseo de dar una respuesta detallada.

Gregor merasakan keinginan yang mendalam untuk memberikan jawapan yang terperinci.
Quería explicarle todo claramente a su madre.
Dia ingin menjelaskan semuanya dengan jelas kepada ibunya.
Pero, dadas las circunstancias, tuvo que limitarse.
Namun, memandangkan keadaannya, dia terpaksa mengehadkan dirinya.
Y respondió mucho más breve de lo que le hubiera gustado.
Dan dia menjawab jauh lebih pendek daripada yang dia inginkan.
-Sí madre, no te preocupes, gracias, ya estoy levantado.
"Ya ibu, jangan risau, terima kasih, ibu sudah bangun."
La puerta de madera probablemente ayudó a amortiguar su voz.
Pintu kayu itu mungkin membantu meredamkan suaranya.
Desde fuera el cambio en la voz de Gregor pasó desapercibido.
Di luar, perubahan suara Gregor tidak disedari.
La madre pareció estar satisfecha con su explicación.
Ibu itu kelihatan berpuas hati dengan penjelasannya.
Y ella se fue de nuevo tan silenciosamente como había llegado.
Dan dia pergi lagi dengan senyap seperti dia datang.
Pero la pequeña conversación tuvo un efecto no deseado.
Tetapi perbualan kecil itu memberi kesan yang tidak diingini.
Llamó la atención de los demás miembros de la familia.
Dia berjaya menarik perhatian ahli keluarga yang lain.
Gregor todavía estaba en casa y no había ido a trabajar.
Gregor masih di rumah dan belum pergi bekerja.
Y ahora el padre también llamó a la puerta lateral.
Dan kini si ayah turut mengetuk pintu sisi.
Golpeó débilmente, pero decidido, con el puño.
Dia mengetuk lemah, tetapi bertekad, dengan penumbuknya.
—Gregor, Gregor —gritó—, ¿cuál es el problema?
"Gregor, Gregor," panggilnya "apa masalahnya?"
Al cabo de un rato volvió a advertir con voz más grave.

Selepas beberapa ketika, dia memberi amaran sekali lagi dengan suara yang lebih dalam.

Pero ahora la hermana llamó a la puerta del otro lado.

Tetapi di pintu sebelah sana, kakak itu kini mengetuk.

"¿Gregor? ¿No te encuentras bien?", preguntó en voz baja.

"Gregor? Awak tak sihat ke?" dia bertanya perlahan.

"¿Necesitas algo?" preguntó preocupada.

"Ada apa-apa yang awak perlukan?" tanyanya, prihatin.

Gregor respondió a ambas partes: "Ya he terminado".

Gregor menjawab kedua-dua belah pihak: "Saya sudah selesai."

Había hecho todo lo posible para pronunciar todas las palabras con cuidado.

Dia telah sedaya upaya untuk menyebut semua perkataan dengan teliti.

Y eliminó todo lo que era llamativo en su voz.

Dan dia membuang semua yang ketara dalam suaranya.

El padre también parecía satisfecho con la respuesta.

Si bapa juga kelihatan berpuas hati dengan jawapan itu.

Y regresó a su desayuno inacabado.

Dan dia kembali menikmati sarapannya yang belum habis.

Pero la hermana susurró: "Gregor, ábreme, te lo ruego".

Tetapi saudari itu berbisik, "Gregor, bukalah mulutmu, aku merayu kepadamu."

Pero su preocupación por él no podía conmoverlo de ninguna manera.

Tetapi keprihatinannya terhadapnya langsung tidak dapat menggerakkannya.

Gregor no tenía intención de abrirle la puerta.

Gregor langsung tidak berniat untuk membukakan pintu untuknya.

Había adquirido algunos hábitos de cautela al viajar.

Dia telah memperoleh beberapa tabiat berhati-hati daripada pengembaraan.

Y se alababa a sí mismo por haber cerrado las puertas.

Dan dia memuji dirinya sendiri kerana telah mengunci pintu.

Primero quiso levantarse tranquilamente y a su propio ritmo.

Mula-mula dia mahu bangun secara senyap-senyap mengikut waktunya sendiri.

Y sin que nadie le molestara quiso vestirse.

Dan, tanpa diganggu, dia mahu berpakaian.

Una vez logrado esto, quiso entonces desayunar.

Setelah itu tercapai, dia kemudian mahu bersarapan.

Sólo entonces quiso reflexionar más sobre la situación.

Barulah dia mahu mempertimbangkan situasi itu dengan lebih lanjut.

Sabía que no tenía sentido hacer planes en la cama.

Dia tahu tiada gunanya membuat rancangan di atas katil.

Sería imposible llegar a una conclusión sensata.

Mencapai kesimpulan yang masuk akal adalah mustahil.

Había habido otras ocasiones en las que se despertó con dolores leves.

Ada kalanya dia terjaga dengan sedikit kesakitan.

Estos dolores siempre resultaban ser pura imaginación.

Kesakitan ini sentiasa menjadi imaginasi tulen.

Al levantarme de la cama el dolor invariablemente desaparecía.

Apabila bangun dari katil, kesakitan itu hilang tanpa henti.

Tenía curiosidad por ver qué pasaría con esas ideas.

Dia ingin tahu apa yang akan terjadi kepada idea-idea ini.

El cambio en su voz probablemente se debió sólo a un resfriado.

Perubahan suaranya mungkin hanya kerana selsema.

Los resfriados son simplemente un riesgo laboral para los viajeros.

Selsema hanyalah bahaya pekerjaan bagi pelancong.

No tenía ninguna duda de que ésa era la explicación lógica.

Dia tidak ragu-ragu bahawa itulah penjelasan yang logik.

Logró quitarse la manta de encima con facilidad.

Menanggalkan selimut dari tubuhnya dengan mudah dilakukan.

Lo único que tenía que hacer era inhalar e inflarse.

Apa yang perlu dia lakukan hanyalah menarik nafas dan mengembungkan dirinya.

La manta se deslizó de su cuerpo y cayó al suelo.

Selimut itu terlepas dari tubuhnya, lalu jatuh ke lantai.

Su cuerpo increíblemente ancho dificultaba otras cosas.

Tubuhnya yang sangat lebar menyukarkan perkara lain.

Habría necesitado brazos y manos para ponerse de pie.

Dia memerlukan lengan dan tangan untuk berdiri.

Pero ya no tenía las extremidades que solía tener.

Tetapi dia tidak mempunyai anggota badan seperti dahulu.

En lugar de brazos y manos tenía muchas piernas pequeñas.

Daripada lengan dan tangan, dia mempunyai banyak kaki kecil.

Y sus piernas se movían constantemente, sin su control.

Dan kakinya terus bergerak, tanpa kawalannya.

Intentó doblar una pierna, pero en lugar de eso se estiró.

Dia cuba membengkokkan sebelah kakinya, tetapi sebaliknya ia meregang.

Finalmente logró controlar una pierna.

Akhirnya dia berjaya mengawal sebelah kakinya.

Pero luego se liberó el movimiento de las otras piernas.

Tetapi kemudian pergerakan kaki yang lain dilepaskan.

Y todas sus piernas se crisparon de extrema excitación.

Dan semua kakinya menggeletar kerana terlalu teruja.

Primero quería sacar la parte inferior de su cuerpo de la cama.

Mula-mula dia mahu mengeluarkan bahagian bawah badannya dari katil.

Pero en realidad aún no había visto la parte inferior de su cuerpo.

Tetapi dia sebenarnya belum melihat bahagian bawah badannya lagi.

Y, de todas formas, resultó demasiado difícil mover esta pieza.

Dan ia terbukti terlalu sukar untuk menggerakkan bahagian ini.

Finalmente, con todas sus fuerzas, realizó un movimiento salvaje.

Akhirnya, dengan sekuat tenaganya, dia membuat satu gerakan liar.

Sin más vacilación, avanzó.

Tanpa teragak-agak lagi dia terus maju ke hadapan.

Pero había elegido la dirección equivocada.

Tetapi dia telah memilih arah yang salah untuk bergerak.

Golpeó violentamente su cuerpo contra el poste inferior de la cama.

Dia menghentak badannya ke tiang katil bawah dengan kuat.

El dolor ardiente que sintió le enseñó una valiosa lección.

Kesakitan yang dirasainya memberinya pengajaran yang berharga.

La parte inferior de su cuerpo era quizás más sensible.

Bahagian bawah badannya mungkin lebih sensitif.

Entonces intentó sacar primero la parte superior del cuerpo de la cama.

Jadi dia cuba bangunkan bahagian atas badannya dari katil dahulu.

Giró cuidadosamente la cabeza en la dirección correcta.

Dia dengan berhati-hati memusingkan kepalanya ke arah yang betul.

Y pronto su cabeza estaba mirando hacia el borde de la cama.

Dan tidak lama kemudian kepalanya menghadap birai katil.

Este movimiento cauteloso en realidad fue fácil para él.

Pergerakan berhati-hati ini sebenarnya mudah baginya.

Y su anchura y peso no detuvieron su movimiento.

Dan lebar serta beratnya tidak menghentikan pergerakannya.

La masa de su cuerpo siguió lentamente el giro de la cabeza.

Jisim badannya perlahan-lahan mengikut pusing kepala.

Pero luego sostuvo su cabeza sobre el borde de la cama.

Namun kemudian dia menyandarkan kepalanya di birai katil.

Y se enfrentó a un nuevo miedo en el que aún no había pensado.

Dan dia menghadapi ketakutan baharu yang belum difikirkannya lagi.

Avanzar más por este camino podría ser peligroso.
Maju lebih jauh dengan cara ini boleh membahayakan.
Había pensado que simplemente se dejaría caer.
Dia sangkakan dia hanya akan membiarkan dirinya jatuh.
Pero sería un milagro si no se lesionara la cabeza.
Tetapi ia akan menjadi satu keajaiban jika dia tidak
mencederakan kepalanya.
**Ahora no era el momento de arriesgarse a perder el
conocimiento.**
Sekarang bukan masanya untuk mengambil risiko kehilangan
kesedaran.
Quizás sería mejor quedarse en la cama después de todo.
Mungkin lebih baik terus tidur sahaja selepas ini.
Pero luego tuvo que hacer el mismo esfuerzo para regresar.
Tetapi kemudian dia terpaksa berusaha sama untuk kembali.
**Después de todo ese esfuerzo él estaba tendido allí igual que
antes.**
Selepas segala usaha itu dia terbaring di sana seperti
sebelumnya.
**Y ahora sus piernas parecían incluso más enojadas que
antes.**
Dan kini kakinya kelihatan lebih marah daripada sebelumnya.
**Los movimientos de sus piernas se habían vuelto aún más
incontrolables.**
Pergerakan kakinya semakin tidak terkawal.
**No veía manera de salir de la situación en la que se
encontraba.**
Dia tidak nampak jalan untuk keluar dari situasi yang
dihadapinya.
De este caos no fue posible sacar la paz ni el orden.
Keamanan dan ketenteraman tidak dapat diwujudkan
daripada kekacauan ini.
Pero sabía que quedarse en la cama tampoco era una opción.
Tetapi dia tahu untuk terus berbaring di atas katil juga bukan
satu pilihan.
Sacrificarlo todo era la opción más sensata.
Mengorbankan segalanya adalah pilihan yang paling bijak.

Se aferró a la más mínima esperanza de levantarse de la cama.
Dia menyimpan sedikit harapan untuk bangun dari katil.
Si lo hubiera conseguido, todo riesgo habría valido la pena.
Jika dia berjaya melakukannya, semua risiko pasti berbaloi.
Pero al mismo tiempo también recordó algo más.
Tetapi dia juga teringat sesuatu yang lain pada masa yang sama.
"Mejores que decisiones desesperadas son reflexiones tranquilas."
"Lebih baik daripada keputusan terdesak adalah refleksi yang tenang."
Con todo su esfuerzo centró su mirada en la ventana.
Dengan sedaya upayanya dia menumpukan pandangannya pada tingkap.
Pero lo que vio le trajo poca confianza y alegría.
Tetapi apa yang dilihatnya tidak membawa sedikit keyakinan dan kegembiraan.
La niebla de la mañana cubría toda la estrecha calle.
Kabus pagi menyelubungi seluruh jalan sempit itu.
El despertador volvió a sonar; ahora eran las siete.
Jam loceng berdering lagi; kini sudah pukul tujuh.
"Ya son las siete y todavía hay mucha niebla."
"Dah pukul tujuh dan kabus masih sebegini."
Durante un rato permaneció en silencio, respirando débilmente.
Untuk seketika dia berbaring diam, hanya bernafas dengan lemah.
Quizás un poco de quietud traería algo de normalidad.
Mungkin sedikit ketenangan akan membawa kepada keadaan normal.
Un silencio absoluto podría provocar las condiciones reales.
Kesunyian sepenuhnya boleh membawa kepada keadaan sebenar.
Pero antes de que el reloj volviera a sonar, rompió el silencio.
Namun sebelum jam berdetik lagi, dia memecah kesunyian.

"Antes de que el reloj vuelva a sonar, debo levantarme de la cama."
"Sebelum jam berdetik lagi, aku mesti bangun dari katil."
"Para entonces tengo que estar totalmente fuera de la cama."
"Saya mesti dah bangun tidur sepenuhnya masa tu."
"Después de las siete y cuarto la oficina enviará a alguien."
"Selepas pukul tujuh suku, pejabat akan menghantar seseorang."
"Porque la oficina abrió antes de las siete."
"Sebab pejabat dibuka sebelum pukul tujuh."
Y ahora empezó a balancear su cuerpo fuera de la cama.
Dan dia kini mula menggoyangkan badannya keluar dari katil.
Había abandonado el centrarse en la parte superior o inferior de su cuerpo.
Dia telah berhenti memberi tumpuan kepada bahagian atas atau bawah badannya.
Todo el largo de su cuerpo tuvo que salir de la cama.
Seluruh badannya terpaksa meninggalkan katil.
Caer de esa manera debería proteger su cabeza, pensó.
Jatuh ke arah ini sepatutnya melindungi kepalanya, fikirnya.
Había planeado levantar la cabeza cuando cayera al suelo.
Dia telah merancang untuk mengangkat kepalanya apabila dia mencecah tanah.
La parte posterior de su cuerpo parecía lo suficientemente dura para el impacto.
Belakang badannya terasa cukup keras untuk menerima hentaman itu.
Y la alfombra estaba allí para suavizar el aterrizaje.
Dan permaidani itu ada di sana untuk melembutkan pendaratan.
Sin embargo, su mayor preocupación era el fuerte ruido.
Walau bagaimanapun, kebimbangan terbesarnya ialah bunyi bising itu.
El ruido estrepitoso asustaría a todos en la casa.
Bunyi dentuman itu pasti menakutkan semua orang di dalam rumah.

Quizás no les daría miedo el ruido fuerte.
Mungkin mereka tidak akan takut dengan bunyi bising itu.
Pero seguramente se preocuparían si oyeran eso.
Tetapi mereka pasti akan bimbang jika mereka
mendengarnya.
Pero había que correr el riesgo de llamar la atención.
Tetapi risiko menarik perhatian terpaksa diambil.
El nuevo método era más un juego que un esfuerzo.
Kaedah baharu itu lebih kepada permainan daripada usaha.
**Tuvo que balancear su cuerpo con movimientos bruscos y
espasmódicos.**
Dia terpaksa menggoyangkan badannya dengan pergerakan
yang tiba-tiba dan tersentak-sentak.
Gregor ya estaba medio levantado de la cama.
Gregor sudah separuh bangun dari katil.
Ahora se le ocurrió una idea nueva.
Kini ada satu fikiran baru yang terlintas di fikirannya.
"Todo sería tan fácil si alguien viniera en mi ayuda."
"Semuanya akan mudah jika seseorang datang membantu
saya."
"Dos personas fuertes serían suficientes."
"Dua orang yang kuat sudah memadai."
Su padre y la criada serían lo suficientemente fuertes.
Ayahnya dan pembantu rumah itu akan cukup kuat.
Sólo tendrían que deslizar los brazos bajo su espalda.
Mereka hanya perlu menyelubungkan tangan mereka di
bawah belakangnya.
Y luego pudieron sacarlo fácilmente de la cama.
Dan kemudian mereka boleh dengan mudah
mengeluarkannya dari katil.
Quizás habrían tenido que bajarle el peso poco a poco.
Mungkin mereka terpaksa menurunkan berat badannya
secara perlahan-lahan.
**Ojalá entonces las piernas hubieran encontrado su
propósito.**
Mudah-mudahan kaki-kaki itu akan menemui tujuannya.
¿No sería mejor después de todo pedir ayuda?

"Bukankah lebih baik jika kita meminta bantuan?"

El problema, por supuesto, era que había cerrado las puertas.

Masalahnya sudah tentu dia telah mengunci pintu.

Había algo en ese pensamiento que le hacía cosquillas.

Ada sesuatu tentang fikiran itu yang menggelitiknya.

Y a pesar de sus dificultades, no pudo evitar esbozar una sonrisa.

Dan meskipun dalam kesusahan, dia tidak dapat menahan senyuman.

Ya estaba cerca de perder el equilibrio.

Dia sudah hampir hilang keseimbangan sekarang.

Cada movimiento lo acercaba más a caerse de la cama.

Setiap buaian membuatkannya hampir terjatuh dari katil.

Pronto tendría que tomar la decisión final.

Tidak lama lagi dia perlu membuat keputusan muktamad.

En cinco minutos serían las siete y cuarto.

Lima minit lagi sudah pukul tujuh suku.

Mientras pensaba estos pensamientos, sonó el timbre.

Sedang dia memikirkan semua ini, loceng pintu berbunyi.

"Es alguien de la oficina", se dijo.

"Itu orang dari pejabat," katanya sendirian.

Y casi se quedó paralizado de miedo ante la visita.

Dan dia hampir membeku ketakutan kerana pelawat itu.

Sus piernas bailaron aún más salvajemente que antes.

Kakinya menari lebih lincah daripada sebelumnya.

Pero luego, por un momento, todo quedó en silencio.

Namun, seketika kemudian, semuanya menjadi sunyi.

"No abrirán la puerta", se dijo Gregor.

"Mereka tidak akan membuka pintu," kata Gregor kepada dirinya sendiri.

Todavía estaba atrapado en una esperanza sin sentido.

Dia masih terperangkap dalam harapan yang tidak masuk akal.

Pero luego, por supuesto, la criada se dirigió a la puerta.

Tetapi kemudian, sudah tentu, pembantu rumah itu berjalan ke pintu.

Y como siempre, le abrió la puerta al visitante.

Dan, seperti biasa, dia membuka pintu untuk tetamu itu.
A Gregor le bastó con oír el primer saludo del visitante.
Gregor hanya perlu mendengar salam pertama daripada
pelawat itu.
Pudo saber inmediatamente quién había venido a buscarlo.
Dia dapat tahu dengan segera siapa yang datang
menjemputnya.
**El propio jefe de oficina había venido a ver cómo estaba
Samsa.**
Ketua kerani itu sendiri telah datang untuk memeriksa
keadaan Samsa.
¿Por qué Gregor fue el único condenado a este destino?
Mengapakah Gregor satu-satunya yang ditakdirkan untuk
menerima nasib ini?
¿Por qué sólo él tuvo que servir en tal organización?
Mengapa hanya dia sahaja yang perlu berkhidmat dalam
organisasi sedemikian?
**El más mínimo descuido despertaba inmediatamente
sospechas.**
Kecuaian yang sedikit sahaja serta-merta menimbulkan syak
wasangka.
**¿Todos los empleados que trabajaban allí eran unos
sinvergüenzas?**
Adakah semua pekerja yang bekerja di sana adalah penjahat?
¿No había entre ellos ninguna persona fiel y devota?
Tidak adakah di antara mereka orang yang setia dan berbakti?
¿No podrían haber enviado simplemente un aprendiz?
Tidak bolehkah mereka baru sahaja menghantar seorang
perantis?
¿Era realmente necesario todo este cuestionamiento?
Adakah semua persoalan ini benar-benar perlu?
¿El representante autorizado tenía que venir personalmente?
Adakah wakil yang diberi kuasa perlu datang sendiri?
¿Había que informar a toda la familia inocente?
Perlukah seluruh keluarga yang tidak bersalah itu
dimaklumkan?
Todas estas consideraciones impulsaron a Gregor a actuar.

Semua pertimbangan ini mendorong Gregor untuk bertindak.
Se levantó de la cama con todas sus fuerzas.
Dia meronta-ronta bangun dari katil dengan sekuat hati.
Se escuchó un fuerte estallido, pero no era realmente un ruido.
Terdengar satu dentuman yang kuat, tetapi ia sebenarnya bukan bunyi bising.
La caída había sido ligeramente suavizada por la alfombra.
Hujan turun sedikit dilembutkan oleh permaidani.
Su espalda era más elástica de lo que Gregor había pensado.
Belakangnya lebih elastik daripada yang disangkakan Gregor.
Así que el sonido era más apagado y no tan perceptible.
Jadi bunyinya lebih kusam, dan tidak begitu ketara.
Pero no había cuidado su cabeza durante la caída.
Tetapi dia tidak menjaga kepalanya semasa jatuh itu.
Y cuando golpeó el suelo también se golpeó la cabeza.
Dan apabila dia terjatuh ke tanah, kepalanya juga terhantuk.
Se frotó la cabeza contra la alfombra con rabia y dolor.
Dia menggosok kepalanya di atas permaidani kerana marah dan sakit.
Pero el gerente de la habitación de al lado escuchó el ruido.
Tetapi pengurus di bilik sebelah terdengar bunyi bising itu.
"Algo cayó allí", observó correctamente.
"Sesuatu jatuh di sana," dia memerhati dengan tepat.
Gregor intentó imaginarse al gerente en su situación.
Gregor cuba membayangkan pengurus itu dalam situasinya.
"¿Podría pasarle lo mismo a él?" se preguntó.
"Mungkinkah perkara yang sama berlaku kepadanya?" dia tertanya-tanya.
Aceptó que este extraño acontecimiento pudiera ser posible.
Dia menerima bahawa peristiwa aneh ini mungkin berlaku.
Y entonces el jefe de oficina dio unos pasos hacia la habitación.
Dan kemudian ketua kerani mengambil beberapa langkah ke bilik itu.
Fue casi una respuesta burda a la pregunta que hizo.

Ia hampir seperti jawapan kasar kepada soalan yang diajukannya.

Sus botas de cuero crujieron cuando se acercó a la puerta.

But kulitnya berderak ketika dia menghampiri pintu.

Desde la habitación de su derecha su criada le susurró:

Dari bilik di sebelah kanannya, pembantu rumahnya berbisik kepadanya.

Gregor, el representante autorizado está aquí.

"Gregor, wakil yang diberi kuasa ada di sini."

—Lo sé —dijo Gregor, pero sólo en voz baja, para sí mismo.

"Aku tahu," kata Gregor, tetapi hanya perlahan-lahan kepada dirinya sendiri.

No se atrevió a levantar la voz por encima de un susurro.

Dia tidak berani meninggikan suaranya melebihi bisikan.

Porque Gregor no quería que su hermana lo oyera.

Kerana Gregor tidak mahu kakaknya mendengarnya.

—Gregor —dijo el padre desde la habitación de la izquierda.

"Gregor," kata bapa dari bilik di sebelah kiri.

"El gerente ha venido a comprobar cuál es el problema".

"Pengurus telah datang untuk memeriksa apa masalahnya."

"Él te preguntó por qué no saliste en el tren temprano."

"Dia tanya kenapa awak tak bertolak naik kereta api awal."

"No sabemos qué decirle", dijo el padre.

"Kami tidak tahu apa yang perlu dikatakan kepadanya," kata bapa itu.

"Por cierto, también quiere hablar contigo personalmente."

"Ngomong-ngomong, dia juga mahu bercakap dengan awak secara peribadi."

"Por favor, abre la puerta para que pueda hablar contigo."

"Tolong buka pintu ini supaya dia boleh bercakap dengan awak."

"Tendrá la amabilidad de disculpar el desorden en la habitación".

"Dia akan berbaik hati untuk memaafkan kekusutan di dalam bilik itu."

"Buenos días, señor Samsa", le saludó el gerente.

"Selamat pagi, Encik Samsa," pengurus itu memanggilnya.

Y ciertamente le habló de manera amistosa.
Dan dia sememangnya bercakap dengan cara yang mesra
dengannya.
"No está bien", le dijo la madre al gerente.
"Dia tidak sihat," kata ibunya kepada pengurus itu.
"No se encuentra bien en absoluto, créame, querido gerente."
"Dia langsung tidak sihat, percayalah, pengurus yang
dikasihi."
¿Por qué si no, Gregor perdería el tren de la mañana?
"Apatah lagi Gregor boleh terlepas kereta api pagi?"
"El chico no tiene nada en la cabeza excepto el negocio."
"Budak itu tiada apa-apa di fikirannya selain urusannya."
"Casi me molesta que no haga nada más".
"Ia hampir menjengkelkan saya kerana dia tidak melakukan
apa-apa lagi."
"Me gustaría que saliera por las noches a tomar aire fresco".
"Saya harap dia keluar pada waktu petang untuk menghirup
udara segar."
"Estuvo en la ciudad ocho días por negocios."
"Dia berada di bandar selama lapan hari atas urusan
perniagaan."
"Pero él estaba en casa todas esas noches"
"Tetapi dia ada di rumah setiap petang itu"
"Se sienta en nuestra mesa y lee el periódico".
"Dia duduk di meja kami dan membaca surat khabar."
"En otras ocasiones, estudia los horarios de los trenes."
"Pada masa lain, dia mengkaji jadual waktu kereta api."
"A veces se mantiene ocupado con la carpintería".
"Kadang-kadang dia memang menyibukkan dirinya dengan
pertukangan kayu."
**"Por ejemplo, talló un pequeño marco de madera para
cuadros".**
"Contohnya, dia mengukir bingkai gambar kayu yang kecil."
"Estuvo ocupado con la sierra durante dos o tres tardes".
"Lebih dua atau tiga petang dia sibuk dengan gergaji itu."
"Te sorprenderá lo bonito que es el marco de fotos".

"Anda pasti kagum dengan betapa cantiknya bingkai gambar itu."
"Ha colgado el marco de fotos en su habitación."
"Dia telah menggantung bingkai gambar itu di dalam biliknya."
"Cuando abra la puerta veréis su carpintería."
"Apabila dia membuka pintu, kamu akan melihat hasil kerja kayunya."
"Por cierto, me alegro de que esté aquí, señor Prokurist".
"Ngomong-ngomong, saya gembira awak ada di sini, Encik Prokurist."
"Solos no habríamos podido lograr que Gregor abriera la puerta."
"Kami sendirian tidak dapat memaksa Gregor membuka pintu."
"Es muy terco", le confesó su madre al empleado.
"Dia sangat degil," ibunya mengaku kepada kerani itu.
"Ciertamente está enfermo, aunque antes lo negó".
"Dia memang tidak sihat, walaupun dia pernah menafikannya sebelum ini."
"Estaré allí enseguida", dijo Gregor lentamente y con cuidado.
"Saya akan ke sana sekarang," kata Gregor perlahan dan berhati-hati.
Pero no hizo ningún movimiento hacia la puerta de la habitación.
Namun dia langsung tidak bergerak ke arah pintu bilik itu.
No quería perderse ni una palabra de la conversación.
Dia tidak mahu terlepas sepatah kata pun daripada perbualan itu.
El secretario jefe estuvo de acuerdo con la evaluación de la madre.
Ketua kerani bersetuju dengan penilaian ibu itu.
-Tampoco puedo explicarlo de otra manera, señora.
"Saya juga tidak dapat menjelaskannya dengan cara lain, puan."
"Esperemos que no tenga ninguna enfermedad grave", dijo.

"Marilah kita semua berharap beliau tidak menghidap penyakit yang serius," katanya.

"Por otro lado, es un peligro en nuestra industria".

"Sebaliknya, ia adalah bahaya dalam industri kami."

"Nosotros, los empresarios, a menudo tenemos que superar el malestar."

"Kita ahli perniagaan sering terpaksa mengatasi ketidakselesaan."

"Los profesionales simplemente tienen que aguantar los dolores leves".

"Profesional hanya perlu berusaha sedaya upaya."

Mientras tanto su padre volvió a llamar a la otra puerta.

Sementara itu, ayahnya mengetuk pintu yang satu lagi.

"¿Puede entrar ahora el jefe de oficina?" quiso saber.

"Bolehkah ketua kerani masuk sekarang?" dia ingin tahu.

"No, no puede", respondió Gregor a la pregunta de su padre.

"Tidak, dia tidak boleh," jawab Gregor kepada soalan bapanya.

Un silencio incómodo cayó en la habitación de la izquierda.

Kesunyian yang janggal menyelubungi bilik di sebelah kiri.

En la habitación de la derecha la hermana comenzó a sollozar.

Di dalam bilik di sebelah kanan, kakak itu mula menangis teresak-esak.

¿Por qué la hermana no se había ido a estar con los demás?

Mengapakah kakak itu tidak pergi bersama yang lain?

Probablemente acababa de levantarse de la cama, pensó.

Dia mungkin baru sahaja bangun dari katil, fikirnya.

Es posible que ni siquiera haya empezado a vestirse todavía.

Dia mungkin belum mula berpakaian lagi.

Pero Gregor no podía entender por qué ella lloraba.

Tetapi Gregor tidak faham mengapa dia menangis.

¿Fue porque no se levantó y dejó entrar al gerente?

Adakah kerana dia tidak bangun dan membiarkan pengurus masuk?

¿Fue porque estaba en peligro de perder su trabajo?

Adakah kerana dia berada dalam bahaya kehilangan
pekerjaannya?
¿Podría el jefe venir a buscar a los padres como antes?
Mungkinkah bos akan bertindak ke atas ibu bapa seperti
sebelumnya?
¿Iba a volver a hacerles las mismas exigencias de siempre?
Adakah dia akan mengulangi tuntutan lama mereka?
**Estas cosas probablemente no hacían que hubiera que
preocuparse.**
Perkara-perkara ini mungkin tidak perlu dirisaukan.
Por el momento no tenía motivos para llorar.
Buat masa ini dia tidak mempunyai sebab untuk menangis.
Gregor todavía estaba allí, manteniendo a la familia.
Gregor masih di sini, menyara keluarga.
Y nunca tuvo intención de abandonar a la familia.
Dan dia tidak pernah berniat untuk meninggalkan keluarga
itu.
**Por el momento, simplemente permaneció tendido sobre la
alfombra.**
Buat masa ini dia hanya berbaring di atas permaidani.
La familia desconocía la condición en la que se encontraba.
Keluarga itu tidak tahu keadaannya sekarang.
Si lo hubieran sabido no habrían animado a su jefe.
Kalaulah mereka tahu, mereka tidak akan memberi galakan
kepada bosnya.
Ni siquiera habrían dejado entrar al gerente a la casa.
Mereka langsung tidak akan membenarkan pengurus itu
masuk ke dalam rumah.
No habría sido particularmente grosero rechazarlo.
Menolaknya bukanlah sesuatu yang biadab.
**Fácilmente podría haber encontrado una excusa adecuada
más tarde.**
Dia boleh dengan mudah mencari alasan yang sesuai
kemudian hari.
No era algo por lo que lo hubieran podido despedir.
Ia bukanlah sesuatu yang boleh menyebabkan dia dipecat.

Gregor pensó que ahora sería más sensato que lo dejaran solo.
Gregor merasakan ditinggalkan bersendirian adalah lebih bijak sekarang.
Molestarlo con llantos y conversaciones no sirvió de mucho.
Mengganggunya dengan menangis dan bercakap tidak banyak memberi hasil.
Pero fue la incertidumbre lo que molestó a los demás.
Tetapi ketidakpastian itulah yang mengganggu yang lain.
Y fue esta incertidumbre la que justificó su comportamiento.
Dan ketidakpastian inilah yang memaafkan tindakan mereka.
—¡Señor Samsa! —gritó el gerente en voz alta.
"Encik Samsa," panggil pengurus itu dengan suara yang meninggi.
"¿Qué te pasa?" quiso saber.
"Apa yang berlaku dengan kau ni?" dia ingin tahu.
"Te has atrincherado en tu habitación."
"Awak dah berkurung dalam bilik awak."
"Solo puedes responder con un 'sí' o un 'no'."
"Awak hanya jawab dengan 'ya' atau 'tidak'."
"Estás causando serias preocupaciones a tus padres."
"Awak ni memang buat ibu bapa awak risau sangat."
"No veo ninguna buena razón para preocuparlos".
"Saya tak nampak sebab yang kukuh kenapa awak perlu risaukan mereka."
"Hay otra cosa más que mencionaré de paso."
"Ada satu lagi perkara yang akan saya sebutkan sebentar tadi."
"También estás descuidando tus obligaciones comerciales hacia nosotros".
"Awak juga mengabaikan tugas perniagaan awak kepada kami."
"Esa irresponsabilidad está totalmente fuera de tu carácter".
"Sikap tidak bertanggungjawab sebegini sudah di luar sifat kamu."
"Hablo aquí en nombre de tus padres y de tu jefe".
"Saya berucap di sini bagi pihak ibu bapa dan bos awak."

"Y os pido una explicación inmediata y clara."
"Dan saya meminta penjelasan yang segera dan jelas daripada anda."
"Todo esto realmente me sorprende, debo decir".
"Semua perkara ini benar-benar mengagumkan saya, saya mesti katakan."
"Pensé que te conocía como una persona tranquila y razonable."
"Saya sangkakan saya kenal awak sebagai seorang yang tenang dan munasabah."
"Pero ahora nos estás mostrando un lado diferente de ti".
"Tapi sekarang kau tunjukkan sisi lain diri kau."
"De repente estás mostrando tus caprichos tan peculiares."
"Tiba-tiba kau tunjukkan kerenah kau yang pelik-pelik."
"Pero podría haber una explicación para tu fracaso".
"Tetapi mungkin ada penjelasan untuk kegagalan anda."
"El jefe mencionó una deuda que usted había cobrado para nosotros."
"Bos ada sebut tentang hutang yang awak telah kutip untuk kami."
"Le di al jefe mi palabra de honor en tu nombre".
"Saya telah mengucapkan ikrar hormat kepada bos bagi pihak anda."
"Pero ahora veo tu incomprensible terquedad."
"Tapi sekarang aku nampak kedegilan kau yang tak dapat difahami."
"Aún podría perder todo mi deseo de ayudarte."
"Saya mungkin masih hilang semua keinginan saya untuk membantu awak."
"Su seguridad laboral no es en absoluto totalmente estable".
"Keselamatan kerja anda sama sekali tidak stabil sepenuhnya."
"Originalmente tenía la intención de contarte todo esto en privado".
"Pada mulanya saya berniat untuk memberitahu awak semua ini secara peribadi."
"Pero ahora veo que quieres que pierda mi tiempo aquí".

"Tapi sekarang aku nampak kau nak aku buang masa aku kat sini."

"Así que no veo ninguna razón por la que tus padres no deberían saberlo."

"Jadi saya tak nampak sebab kenapa ibu bapa awak tak patut tahu."

"Su desempeño reciente no ha sido satisfactorio."

"Prestasi awak baru-baru ini tidak memuaskan."

"Reconozco que las ventas son más lentas en esta época del año".

"Saya akui jualan lebih perlahan pada masa ini dalam setahun."

"Pero no hay época del año en que no haya ventas".

"Tetapi tiada masa dalam setahun untuk tiada jualan."

Por un momento Gregor olvidó todo lo que le rodeaba.

Buat seketika Gregor melupakan segala-galanya di sekelilingnya.

—¡Pero señor Prokurist! —gritó Gregor desesperado.

"Tapi Encik Prokurist," jerit Gregor, putus asa.

"Abriré la puerta enseguida, ahora mismo, no te preocupes."

"Saya akan buka pintu sekarang juga, jangan risau."

"El problema es que me he estado sintiendo bastante mal."

"Masalahnya ialah saya rasa agak tidak sihat."

"Mi mareo me impidió llegar a la puerta."

"Pening kepala saya menghalang saya daripada sampai ke pintu."

"Todavía estoy en cama, pero me siento mucho mejor."

"Saya masih baring di atas katil, tapi saya rasa jauh lebih sihat."

"Un momento por favor, me estoy levantando de la cama."

"Tolonglah sekejap, saya baru nak bangun dari katil."

"Un momento de paciencia es todo lo que pido, señor Prokurist."

"Kesabaran sebentar sahaja yang saya minta, Encik Prokurist."

"No va tan bien como pensaba, pero estaré bien".

"Ia tidak berjalan seperti yang saya sangkakan, tetapi saya akan baik-baik saja."

"**¿Cómo puede sucederle algo así a una persona tan rápidamente?**"
"Bagaimana perkara seperti itu boleh berlaku kepada seseorang dengan begitu cepat?"
"**Me sentí bien anoche, mis padres lo saben.**"
"Saya rasa baik-baik sahaja malam tadi, ibu bapa saya tahu itu."
"**Pero quizá ya tuve una pequeña premonición entonces.**"
"Tapi mungkin saya sudah ada sedikit firasat masa tu."
"**Quizás te preguntes por qué no lo reporté en la oficina**".
"Awak mungkin tanya kenapa saya tak laporkannya di pejabat."
"**Pensé que me sentiría mucho mejor por la mañana**".
"Saya sangkakan saya akan berasa lebih baik semula pada waktu pagi."
"**Uno siempre piensa que para entonces ya habrá superado la enfermedad.**"
"Seseorang sentiasa berfikir bahawa mereka akan dapat mengatasi penyakit itu pada masa itu."
"**¡Pero por favor! ¡Libera a mis padres de estas acusaciones!**"
"Tapi tolonglah! Bebaskan ibu bapa saya daripada tuduhan-tuduhan ini!"
"**No me han dicho ni una palabra de lo que me contaste.**"
"Aku tidak diberitahu sepatah pun tentang apa yang kau beritahu aku."
"**Puede que no hayas leído las últimas órdenes que envié**".
"Awak mungkin tak baca pesanan terakhir yang saya hantar."
"**Por cierto, no tienes que preocuparte por mí hoy.**"
"Ngomong-ngomong, awak tak perlu risaukan saya hari ini."
"**Aun así voy a tomar el tren de las ocho.**"
"Saya masih akan menaiki kereta api pukul lapan."
"**¿Las pocas horas de descanso me han fortalecido bastante**".
"Rehat beberapa jam itu sudah cukup menguatkan saya."
"**Realmente no hay necesidad de esperar, gerente.**"
"Tak perlulah awak tunggu lama-lama, pengurus."
"**Yo también estaré en la oficina muy pronto.**"
"Saya juga akan berada di pejabat tidak lama lagi."

"Y por favor, ten la amabilidad de decirme algo bueno".
"Dan tolonglah berbaik hati untuk mengucapkan kata-kata yang baik untuk saya."
Gregor había pronunciado su explicación con bastante precipitación.
Gregor telah menyampaikan penjelasannya dengan agak tergesa-gesa.
Apenas sabía lo que realmente estaba tratando de decir.
Dia hampir tidak tahu apa yang cuba disampaikannya sebenarnya.
Se acercó a la caja y trató de usarla para ponerse de pie.
Dia pergi ke kotak itu, dan cuba menggunakannya untuk berdiri.
Realmente tenía toda la intención de abrir la puerta.
Dia benar-benar berniat untuk membuka pintu itu.
Quería ser visto por el representante autorizado.
Dia mahu dilihat oleh wakil yang diberi kuasa itu.
Y quería resolver el problema con él personalmente.
Dan dia mahu menyelesaikan masalah itu secara peribadi dengannya.
Estaba ansioso por saber cómo reaccionarían los demás ante él.
Dia ingin tahu bagaimana reaksi orang lain terhadapnya.
Ya deben estar ansiosos por ver cómo está.
Mereka pasti sekarang juga ingin tahu bagaimana keadaannya.
Había dos formas posibles en las que podían reaccionar ante él.
Terdapat dua kemungkinan cara mereka boleh bertindak balas terhadapnya.
Una posibilidad era que estuvieran asustados.
Satu kemungkinan ialah mereka akan ketakutan.
Si estaban asustados entonces él no tenía ninguna responsabilidad.
Jika mereka takut, maka dia tidak bertanggungjawab.
Y entonces no tendría que preocuparse por la situación.
Dan kemudian dia tidak perlu risau tentang situasi itu.

Pero también había otra posibilidad en la que pensar.
Tetapi ada juga kemungkinan lain untuk difikirkan.
Quizás aceptarían con calma su forma de ser.
Mungkin mereka akan menerima dengan tenang keadaannya.
Entonces Gregor tampoco tendría motivos para enojarse.
Kalau begitu, Gregor juga tidak akan mempunyai sebab untuk berasa kecewa.
Todavía habría tiempo suficiente para coger el tren.
Masih ada masa yang cukup untuk menaiki kereta api.
Sin embargo, mantenerse en pie no fue una tarea fácil.
Walau bagaimanapun, berdiri tegak bukanlah tugas yang mudah.
En sus primeros intentos se resbaló de la caja.
Dalam beberapa percubaan pertamanya, dia tergelincir dari kotak itu.
La caja era demasiado lisa para que él pudiera apoyarse contra ella.
Kotak itu terlalu licin untuk dia berdiri tegak.
Y finalmente se dio un último empujón para ponerse de pie.
Dan akhirnya dia memberi dirinya satu tolakan terakhir untuk berdiri.
Ya no le prestó más atención al dolor en su abdomen.
Dia tidak lagi menghiraukan kesakitan di bahagian perutnya.
No importaba cuánto dolor sintiera, él lo superaría.
Walau betapa sakitnya, dia tetap akan mengharunginya.
Se dejó caer contra el respaldo de una silla cercana.
Dia membiarkan dirinya jatuh ke belakang kerusi berdekatan.
Y se agarró a los bordes con sus pequeñas piernas.
Dan dia berpegang pada tepinya dengan kaki kecilnya.
En ese momento ya tenía más control de sí mismo.
Pada ketika ini dia telah dapat mengawal dirinya dengan lebih baik.
Y su caída fue más silenciosa que la anterior.
Dan kejatuhannya lebih senyap daripada yang sebelumnya.
Porque tenía que escuchar lo que decía el gerente.
Kerana dia terpaksa mendengar apa yang pengurus itu katakan.

¿Entendieron algo de eso?, preguntó a los padres.

"Adakah kamu semua faham semua itu?" dia bertanya kepada ibu bapa itu.

"No se burlaría de nosotros, ¿verdad?"

"Dia takkan memperbodohkan kita, kan?"

—¡Por Dios! —gritó la madre, ya llorando.

"Demi Tuhan," panggil ibunya, sudah menangis.

"Puede que esté gravemente enfermo y lo estamos atormentando".

"Dia mungkin sakit tenat dan kami sedang menyeksanya."

"¡Grete! ¡Grete!", le gritó a la hija.

"Grete! Grete!" jeritnya kepada anak perempuannya.

"¿Mamá?" llamó la hermana desde el otro lado.

"Ibu?" panggil kakak dari seberang sana.

Luego se comunicaron a través de la habitación de Gregor.

Kemudian mereka berkomunikasi melalui bilik Gregor.

Gregor está muy enfermo y necesita medicamentos.

"Gregor sakit tenat dan dia perlu makan ubat."

"Tendrás que ir al médico inmediatamente."

"Awak kena pergi jumpa doktor dengan segera."

¿Escuchaste cómo habló Gregor hace un momento?

"Awak dengar tak cara Gregor bercakap tadi?"

"Esa era la voz de un animal", dijo el gerente.

"Itu suara binatang," kata pengurus itu.

Sus palabras eran silenciosas comparadas con los gritos de la madre.

Kata-katanya perlahan berbanding jeritan ibunya.

—¡Anna! ¡Anna! —llamó el padre desde la antesala.

"Anna! Anna!" panggil ayahnya melalui ruang tamu.

Y aplaudió para llamar su atención.

Dan dia bertepuk tangan untuk menarik perhatian mereka.

"¡Llama a un cerrajero inmediatamente!" le ordenó a la criada.

"Dapatkan tukang kunci segera!" dia mengarahkan pembantu rumah itu.

Las muchachas, con sus faldas, corrían por la antesala.

Gadis-gadis itu, dengan skirt mereka, berlari melalui ruang tamu.

Y sus faldas crujieron mientras corrían frente a su habitación.

Dan skirt mereka berdesir ketika mereka berlari melewati biliknya.

"¿Cómo se vistió la hermana tan rápido?" pensó.

"Macam mana kakak boleh berpakaian begitu cepat?" fikirnya.

La puerta se abrió de golpe, pero no se cerró de golpe.

Pintu itu dikoyakkan, tetapi ia tidak ditutup rapat.

Esto es común en los hogares donde ocurre una gran desgracia.

Ini biasa berlaku di rumah-rumah di mana kemalangan besar berlaku.

Pero todo esto había hecho que Gregor se volviera mucho más tranquilo.

Tetapi semua ini telah membuatkan Gregor menjadi lebih tenang.

Cuando escuchó sus propias palabras le parecieron claras.

Apabila dia mendengar kata-katanya sendiri, kata-kata itu terasa jelas baginya.

De hecho, sintió que sus palabras habían sido más claras.

Malah dia merasakan kata-katanya sebenarnya lebih jelas.

Pero los demás ya no entendían lo que decía.

Tetapi yang lain tidak lagi memahami apa yang dia katakan.

Quizás ya se había acostumbrado a sus oídos.

Mungkin dia sudah terbiasa dengan telinganya sekarang.

Pero al menos ahora entendían mejor su situación.

Tetapi sekurang-kurangnya mereka kini lebih memahami situasinya.

Se dieron cuenta de que realmente había algo mal con él.

Mereka sedar ada sesuatu yang tidak kena dengannya.

Y ahora estaban haciendo todo lo que podían para ayudarlo.

Dan mereka kini melakukan segala yang mereka mampu untuk membantunya.

Esto le dio a Gregor una sensación de confianza que le faltaba.

Ini memberi Gregor rasa keyakinan yang hilang dari dirinya.

Y se sintió nuevamente mucho más seguro en la familia.

Dan dia berasa lebih selamat semula dalam keluarga itu.

Se sintió incluido nuevamente en el círculo humano.

Dia rasa dirinya disertakan sekali lagi dalam lingkungan manusia.

Ahora tenía que esperar que el cerrajero pudiera abrir la puerta.

Kini dia terpaksa berharap tukang kunci itu dapat membuka pintu itu.

Y esperaba que el médico pudiera realizar tales tareas.

Dan dia berharap doktor itu dapat melaksanakan tugas-tugas sedemikian.

Pronto tendría que hablar más.

Dia perlu bercakap lebih banyak lagi tidak lama lagi.

Su voz tendría que ser lo más clara posible.

Suaranya perlu sejelas mungkin.

Para prepararse para la reunión se aclaró la garganta.

Untuk membuat persediaan bagi mesyuarat itu, dia berdehem.

Sin embargo, hizo todo lo posible para toser muy silenciosamente.

Walau bagaimanapun, dia sedaya upaya untuk batuk hanya dengan senyap.

El ruido podría haber sonado diferente a una tos humana.

Bunyi itu mungkin kedengaran berbeza daripada batuk manusia.

Sabía que ya no podía diferenciar esas cosas.

Dia tahu dia tidak lagi dapat membezakan perkara-perkara seperti itu.

En la habitación contigua reinaba un silencio absoluto.

Di bilik sebelah, keadaan menjadi sunyi sepenuhnya.

Los padres probablemente estaban sentados a la mesa.

Ibu bapa itu mungkin sedang duduk di meja makan.

Quizás estaban susurrando con el gerente.

Mereka mungkin berbisik-bisik dengan pengurus itu.

Quizás todos estaban apoyados en la puerta y escuchando.

Mungkin semua orang sedang bersandar di pintu dan mendengar.

Gregor empujó lentamente la silla hacia la puerta.

Gregor perlahan-lahan menolak kerusi ke arah pintu.

Empujó la puerta y se mantuvo en pie.

Dia menolak pintu dan menegakkan badannya.

Se enteró de que las almohadillas de sus pies tenían un poco de pegamento.

Dia mendapati bahawa bahagian tapak kakinya mempunyai sedikit gam.

Y descansó allí un momento del esfuerzo.

Dan dia berehat seketika di sana selepas penat bekerja.

Después de descansar lo suficiente, comenzó con la siguiente tarea.

Setelah cukup berehat, dia memulakan tugasan seterusnya.

Empezó a girar la llave en la cerradura con la boca.

Dia mula memusingkan kunci di dalam gelung itu dengan mulutnya.

Desafortunadamente, parecía que no tenía dientes reales.

Malangnya, nampaknya dia tidak mempunyai gigi yang sebenar.

¿Pero qué otra forma tenía de conseguir las llaves?

Tetapi apakah cara lain yang dia ada untuk mencapai kunci itu?

Afortunadamente para él, sus mandíbulas eran, por supuesto, muy fuertes.

Mujurlah baginya rahangnya sudah tentu sangat kuat.

Con la ayuda de sus mandíbulas realmente consiguió mover la llave.

Dengan bantuan rahangnya, dia benar-benar menggerakkan kunci itu.

No tenía ninguna duda de que él también se estaba haciendo daño.

Dia tidak ragu-ragu bahawa dia juga telah mencederakan dirinya sendiri.

Porque de su boca salía un líquido marrón.

Kerana cecair coklat keluar dari mulutnya.

El líquido marrón fluyó sobre la llave y por la puerta.
Cecair coklat itu mengalir ke atas kunci dan menuruni pintu.
Pero a Gregorio no le importaba hacerse daño a sí mismo.
Tetapi Gregor tidak peduli bahawa dia sedang mencederakan dirinya sendiri.
"¿Puedes oír eso?" dijo el gerente en la habitación de al lado.
"Awak dengar tak?" kata pengurus di bilik sebelah.
"Está girando la llave", había notado el gerente.
"Dia sedang memusingkan kunci," pengurus itu perasan.
Estas palabras fueron un gran estímulo para Gregor.
Kata-kata ini merupakan galakan yang besar untuk Gregor.
Pero el padre y la madre también deberían haber gritado:
Tetapi ayah dan ibu juga sepatutnya berseru:
«¡Bien, Gregor!», deberían haberle gritado.
"Bagus, Gregor," sepatutnya mereka menjerit kepadanya.
"Sigue adelante, sigue girando esa llave, puedes lograrlo".
"Teruskan, teruskan memusing kunci itu, awak boleh melakukannya."
Pero Gregor tuvo que imaginarse su emoción.
Tetapi sebaliknya Gregor terpaksa membayangkan keterujaan mereka.
Apretó las mandíbulas con toda la fuerza que tenía.
Dia mengetap rahangnya dengan sekuat tenaga yang ada.
Y continuó girando la llave en la cerradura.
Dan dia terus memusingkan kunci di dalam lubang kunci itu.
Dolorosamente su cuerpo se retorció en un círculo.
Dengan kesakitan, badannya berpusing mengelilinginya dalam bulatan.
Ahora se mantenía erguido únicamente con la boca.
Dia kini hanya mampu menahan dirinya dengan mulutnya.
Para seguir girando la llave presionó contra la puerta.
Untuk terus memusingkan kunci dia menekan pintu.
Finalmente el chasquido de la cerradura despertó de nuevo a Gregor.
Akhirnya bunyi kunci yang terkunci menyedarkan Gregor sekali lagi.
"Así que no necesité al cerrajero", suspiró aliviado.

"Jadi saya tidak memerlukan tukang kunci," dia mengeluh
lega.
Ahora sólo faltaba abrir la puerta que había desbloqueado.
Sekarang dia hanya perlu membuka pintu yang telah
dibukanya.
Y con la cabeza en el pomo abrió la puerta.
Dan dengan kepalanya di pemegangnya, dia membuka pintu.
Estaba detrás de la puerta que daba a su habitación.
Dia berada di sebalik pintu yang terbuka ke biliknya.
**Así que la puerta ya estaba abierta antes de que pudiera ser
visto.**
Jadi pintu itu sudah terbuka sebelum dia dapat dilihat.
A continuación tuvo que maniobrar para rodear la puerta.
Seterusnya dia terpaksa bergerak di sekitar pintu itu sendiri.
Este difícil movimiento también requirió mucho esfuerzo.
Pergerakan yang sukar ini juga memerlukan banyak usaha.
No quería caer torpemente en la habitación contigua.
Dia tidak mahu terjatuh ke dalam bilik sebelah dengan
terbongkok-bongkok.
Así que no tuvo tiempo de prestar atención a nada más.
Jadi dia tidak mempunyai masa untuk memberi perhatian
kepada perkara lain.
**Pero entonces oyó al jefe de oficina exclamar en voz alta:
"¡Oh!".**
Tetapi kemudian dia terdengar ketua kerani itu melaungkan
"Oh!" dengan kuat.
Sonaba como si el viento corriera a través de la casa.
Kedengaran seperti angin bertiup kencang melalui rumah itu.
Resultó que él era el que estaba más cerca de la puerta.
Kebetulan dia orang yang paling dekat dengan pintu.
Y al verlo, se llevó la mano a la boca.
Dan kini, setelah melihatnya, dia menutup mulutnya dengan
tangannya.
Se movió lentamente hacia atrás, alejándose de Gregor.
Dia perlahan-lahan menggerakkan dirinya ke belakang,
menjauhi Gregor.
Pero era como si una fuerza invisible actuara sobre él.

Tetapi ia seperti satu kuasa yang tidak kelihatan sedang bertindak ke atasnya.

Lo primero que hizo la madre fue mirar al padre.

Perkara pertama yang dilakukan oleh ibu ialah memandang bapanya.

A pesar de la presencia del gerente, su cabello estaba despeinado.

Walaupun pengurus itu ada, rambutnya kusut masai.

Desplegó los brazos y dio dos pasos hacia adelante.

Dia membentangkan tangannya, lalu mengambil dua langkah ke hadapan.

Pero entonces se desplomó en medio de su falda.

Tetapi kemudian dia rebah di tengah-tengah skirtnya.

Su vestido se extendió a su alrededor en el suelo.

Gaunnya terbentang di sekelilingnya di atas lantai.

Y su cabeza desapareció sobre sus propios pechos.

Dan kepalanya hilang ke atas payudaranya sendiri.

El padre apretó el puño con expresión hostil.

Si bapa mengepal penumbuknya dengan riak wajah yang penuh amarah.

Parecía querer que Gregor fuera empujado de nuevo a su habitación.

Dia seolah-olah mahu Gregor ditolak masuk ke dalam biliknya.

Luego miró con incertidumbre alrededor de la sala de estar.

Dia kemudian memandang sekeliling ruang tamu dengan ragu-ragu.

Y finalmente se cubrió los ojos entre las manos.

Dan akhirnya dia menutup matanya dengan kedua telapak tangannya.

Y lloró amargamente hasta que su poderoso pecho se estremeció.

Dan dia menangis teresak-esak sehingga dadanya bergetar hebat.

Gregor en realidad no entró en su habitación.

Gregor langsung tidak masuk ke bilik mereka.

En lugar de eso, se apoyó contra el marco de la puerta.

Sebaliknya dia menyandarkan dirinya pada bingkai pintu.

Para los que estaban desde fuera solo era visible la mitad de su cuerpo.

Hanya separuh badannya sahaja yang kelihatan oleh mereka yang berada di luar.

Y encima de su cuerpo estaba su cabeza, inclinada hacia un lado.

Dan di atas badannya terletak kepalanya, condong ke sisi.

Para entonces la luz se había vuelto mucho más brillante que antes.

Pada masa ini, cahaya itu telah menjadi jauh lebih terang daripada sebelumnya.

Ahora se podía ver claramente el otro lado de la calle.

Orang dapat melihat dengan jelas seberang jalan sekarang.

Apareció una sección del interminable y gris hospital.

Satu bahagian hospital kelabu yang tidak berkesudahan itu menampakkan dirinya.

La lluvia de la mañana aún no había parado del todo de caer.

Hujan pagi masih belum berhenti sepenuhnya.

Pero ahora las gotas de lluvia eran más grandes y estaban más separadas.

Tetapi kini titisan hujan itu lebih besar, dan berjauhan.

Los platos del desayuno estaban en abundancia en la mesa.

Hidangan sarapan pagi itu terhidang di atas meja dengan banyaknya.

El padre pensaba que el desayuno era la comida más importante.

Si bapa menganggap sarapan pagi sebagai hidangan yang paling penting.

El desayuno era una comida que se prolongaba durante horas.

Sarapan pagi adalah hidangan yang dia tangguhkan selama berjam-jam.

Y en esas horas leía los distintos periódicos.

Dan dalam waktu-waktu ini dia membaca pelbagai surat khabar.

Justo en la pared opuesta colgaba una fotografía de Gregor.

Tepat di dinding bertentangan tergantung sehelai gambar Gregor.

La fotografía en la pared lo mostraba como teniente.

Gambar di dinding itu menunjukkan dia sebagai seorang leftenan.

Era una fotografía de su época en el ejército.

Ia adalah gambar dari zaman dia berkhidmat dalam tentera.

Su mano estaba sobre su espada y tenía una sonrisa despreocupada.

Tangannya berada di atas pedangnya, dan dia tersenyum riang.

Su postura y su uniforme exigían cierto respeto.

Postur dan seragamnya menuntut rasa hormat tertentu.

La otra puerta que conducía a la antesala también estaba abierta.

Pintu lain yang menuju ke ruang tamu juga terbuka.

Y la puerta del apartamento todavía estaba abierta también.

Dan pintu apartmen itu masih terbuka juga.

Se podía ver hasta el patio delantero del apartamento.

Orang dapat melihat hingga ke halaman hadapan apartmen itu.

Y luego las escaleras conducían a la calle de abajo.

Dan kemudian tangga itu menuju ke jalan di bawah.

Gregor fue el único que mantuvo la compostura.

Gregor adalah satu-satunya yang dapat bertenang.

Él vio esto, por lo que la conversación era su responsabilidad.

Dia nampak perkara ini, jadi perbualan itu adalah tanggungjawabnya.

"Bueno, ahora me voy a vestir para ir a trabajar", dijo.

"Baiklah, saya akan berpakaian untuk bekerja sekarang," katanya.

"Después de haber empaquetado las muestras textiles, me iré."

"Selepas saya membungkus sampel tekstil, saya akan pergi."

"¿Aún tiene intención de dispararme, señor Prokurist?"

"Adakah awak masih berniat untuk menembak saya, Encik
Prokurist?"
"Como puedes ver, no soy tan terco como pensabas."
"Seperti yang kau lihat, aku tidaklah sedegil yang kau
sangkakan."
"Y puedes ver que después de todo me gusta trabajar".
"Dan awak boleh nampak yang saya memang suka bekerja."
"Puedo admitir que viajar por trabajo no es fácil".
"Saya akui melancong atas urusan kerja bukanlah mudah."
"Pero también puedo aceptar que es parte de mi trabajo".
"Tetapi saya juga boleh menerima bahawa ia adalah
sebahagian daripada tugas saya."
"Gerente, ¿adónde va? ¿De vuelta a la oficina?"
"Pengurus, awak nak pergi mana? Balik pejabat?"
"¿Informarás verazmente de todo lo que has visto?"
"Adakah kamu akan melaporkan semua yang kamu lihat
dengan jujur?"
"A veces sucede que uno no puede ir a trabajar."
"Kadang-kadang ia berlaku sehingga seseorang tidak dapat
pergi bekerja."
**"Este es el momento adecuado para recordar los logros
pasados".**
"Itulah masa yang sesuai untuk mengingati pencapaian lalu."
"Después de eliminar la dificultad, uno trabaja aún mejor."
"Selepas menghapuskan kesukaran itu, seseorang itu akan
berfungsi dengan lebih baik."
"Mi diligencia y concentración aumentarán".
"Ketekunan dan tumpuan saya dijangka akan meningkat."
"Sabes muy bien que estoy en deuda con el jefe."
"Awak tahu betul yang saya berhutang budi dengan bos."
**"Pero también estoy preocupada por mis padres y mi
hermana".**
"Tetapi saya juga risau tentang ibu bapa dan kakak saya."
**"Estoy en una situación difícil, pero encontraré la manera de
salir de ella".**
"Saya berada dalam situasi yang sukar, tetapi saya akan
berusaha untuk keluar dari situasi ini."

"No hagas esto más difícil de lo que ya es."
"Jangan jadikan ini lebih sukar daripada yang sedia ada."
"Como compañeros de trabajo también tenemos que ayudarnos unos a otros".
"Sebagai rakan sekerja, kita juga perlu saling membantu."
"Sé que a los trabajadores de oficina no les gustan los viajeros".
"Saya tahu pekerja pejabat tak suka pelancong."
"¿Crees que ganamos una fortuna y llevamos una buena vida?"
"Awak ingat kita dapat banyak duit dan hidup dengan baik."
"No tienen ningún motivo real para considerar sus prejuicios".
"Mereka tidak mempunyai sebab sebenar untuk mempertimbangkan prasangka mereka."
"Pero usted, oficial autorizado, tiene un papel diferente."
"Tetapi anda, pegawai yang diberi kuasa, mempunyai peranan yang berbeza."
"Tienes una mejor visión general que el resto del personal".
"Awak mempunyai gambaran keseluruhan yang lebih baik daripada kakitangan lain."
"De hecho, creo que probablemente tengas la mejor visión general".
"Malah saya rasa awak mungkin mempunyai gambaran keseluruhan yang terbaik."
"Tienes una visión mejor que el propio jefe".
"Awak mempunyai gambaran keseluruhan yang lebih baik daripada bos itu sendiri."
"Admito que el jefe hace el trabajo empresarial".
"Saya akui bos memang melakukan kerja keusahawanan."
"Pero es fácil que sus juicios sean erróneos."
"Tetapi penilaiannya mudah dikelirukan."
"Y estos pequeños errores de juicio pueden ser en nuestro detrimento".
"Dan salah tanggapan kecil ini boleh merugikan kita."
"Ya sabes lo fácil que es hablar del viajero."

"Awak tahu betapa mudahnya untuk bercakap tentang pengembara itu."
"Él no está allí para defender su reputación de los chismes".
"Dia berada di sana bukan untuk mempertahankan reputasinya daripada gosip."
"Esas acusaciones pueden fácilmente ser meras coincidencias".
"Tuduhan-tuduhan ini boleh jadi hanya kebetulan."
"Muchas quejas ni siquiera tienen su base en ninguna verdad."
"Banyak aduan yang tidak berakar umbi daripada sebarang kebenaran."
"Está fuera de la oficina casi todo el año."
"Dia tidak bekerja hampir sepanjang tahun."
¿Qué posibilidades tiene de defender su propia reputación?
"Apakah peluang yang ada padanya untuk mempertahankan reputasinya sendiri?"
"Ni siquiera se entera de las acusaciones".
"Dia langsung tidak dapat mendengar tentang tuduhan itu."
"Se entera de lo que se ha dicho cuando ya es demasiado tarde."
"Dia akan mengetahui apa yang telah diperkatakan apabila sudah terlambat."
A estas alturas ya está exhausto por el viaje del día.
"Pada tahap itu dia sudah keletihan akibat perjalanan seharian."
"De todos modos, tendrá que experimentar las terribles consecuencias".
"Dia perlu menanggung akibat yang dahsyat itu."
"Aunque no tiene forma de entender el problema."
"Walaupun dia tidak dapat memahami masalah itu."
"Oh, gerente, no se vaya sin decirme una palabra".
"Oh pengurus, jangan pergi tanpa berkata sepatah kata pun kepada saya."
"Al menos dime que estás de acuerdo conmigo en parte."
"Sekurang-kurangnya beritahu saya yang awak setuju sebahagiannya dengan saya."

Pero el manager se había alejado de Gregor mucho antes.

Tetapi pengurus itu telah berpaling daripada Gregor lebih awal lagi.

Su hombro se contrajo cuando volvió a mirar a Gregor.

Bahunya tersentak apabila dia memandang Gregor kembali.

Y no se quedó quieto ni un solo momento durante su discurso.

Dan dia tidak berdiri diam walau sekali pun semasa berucap.

Él había mirado a Gregor con los labios fruncidos.

Dia dari tadi memandang Gregor kembali dengan bibir yang terkumat-kamit.

Se había ido retirando gradualmente hacia la puerta.

Dia telah berundur secara beransur-ansur ke arah pintu.

Pero tampoco podía apartar la mirada de Gregor.

Tetapi dia juga tidak dapat mengalihkan pandangannya daripada Gregor.

Sintió como si hubiera una prohibición secreta de salir de la habitación.

Dia rasa seperti ada larangan rahsia untuk meninggalkan bilik itu.

Pero a estas alturas ya estaba en el vestíbulo de entrada.

Tetapi pada peringkat ini dia sudah berada di dewan masuk.

Y ahora hizo un movimiento repentino hacia la salida.

Dan kini dia membuat pergerakan tiba-tiba ke arah pintu keluar.

Extendió su mano derecha hacia las escaleras.

Dia menghulurkan tangan kanannya ke arah tangga.

Quizás una fuerza sobrenatural estaba esperando para salvarlo.

Mungkin ada kuasa ghaib yang sedang menunggu untuk menyelamatkannya.

Gregor sabía que no podía permitir que se fuera así.

Gregor tahu dia tidak boleh membiarkannya pergi seperti ini.

El gerente no debe regresar con el mismo humor en el que estaba.

Pengurus itu tidak boleh kembali dalam suasana hatinya yang sedang dalam keadaan seperti itu.

La seguridad del trabajo de Gregor estaba en grave peligro.
Keselamatan pekerjaan Gregor sangat terancam.
Los padres no podían comprender plenamente todo esto.
Ibu bapa tidak dapat memahami sepenuhnya semua ini.
Con los años se habían acostumbrado a su seguridad laboral.
Selama bertahun-tahun mereka telah membiasakan diri
dengan keselamatan kerjanya.
Y se convencieron de que tenía el trabajo de por vida.
Dan mereka telah yakin bahawa dia mempunyai pekerjaan itu
untuk seumur hidup.
En lugar de eso, se habían ocupado de otras preocupaciones.
Sebaliknya mereka telah menjadi sibuk dengan lebih banyak
kebimbangan lain.
Pero estas preocupaciones les hicieron perder toda previsión.
Tetapi kebimbangan ini menyebabkan mereka kehilangan
semua pandangan jauh.
Gregor, sin embargo, no había perdido la previsión paterna.
Walau bagaimanapun, Gregor tidak hilang pandangan jauh
ibu bapanya.
Alguien tenía que detener al representante autorizado.
Seseorang terpaksa menghentikan wakil yang diberi kuasa.
Iba a tener que calmarlo y convencerlo.
Dia perlu menenangkannya, dan memujuknya.
¡El futuro de Gregor y su familia dependía de ello!
Masa depan Gregor dan keluarganya bergantung padanya!
Ojalá la inteligente hermana hubiera estado allí para ayudar.
Kalaulah kakak yang bijak itu ada di sini untuk membantu.
**Ella ya había llorado cuando Gregor todavía estaba en su
habitación.**
Dia sudah menangis ketika Gregor masih di dalam biliknya.
**En ese momento él simplemente yacía tranquilamente boca
arriba.**
Ketika itu dia hanya berbaring diam terlentang.
Ella ya sabía entonces la importancia de la situación.
Dia sudah tahu betapa pentingnya situasi itu ketika itu.
**El gerente tenía una debilidad bien conocida por las
mujeres.**

Pengurus itu terkenal dengan sikap lembutnya terhadap wanita.

Ella fácilmente podría haberlo persuadido para que se quedara más tiempo.

Dia boleh sahaja memujuknya untuk tinggal lebih lama.

Ella habría cerrado la puerta y lo habría guiado adentro.

Dia pasti akan menutup pintu dan membimbingnya masuk semula.

Pero desafortunadamente la hermana había ido a buscar un médico.

Tetapi malangnya kakak itu telah pergi mendapatkan doktor.

Así que Gregor no tuvo más remedio que hacerlo él mismo.

Oleh itu, Gregor tidak mempunyai pilihan selain melakukannya sendiri.

No había considerado cuáles eran realmente sus habilidades.

Dia tidak pernah memikirkan apa sebenarnya kebolehannya.

Y se había olvidado de desconfiar de su capacidad de hablar.

Dan dia terlupa untuk tidak mempercayai kebolehannya bertutur.

Pero aún así, abandonó la seguridad de su habitación.

Namun begitu, dia tetap meninggalkan bilik keselamatannya.

Y se abrió paso a través de la abertura de la habitación.

Dan dia menolak dirinya melalui bukaan bilik itu.

El gerente ya estaba bajando las escaleras.

Pengurus itu sudah dalam perjalanan menuruni tangga.

Pero él se agarraba a la barandilla con ambas manos.

Tetapi dia memegang pagar dengan kedua-dua belah tangannya.

Gregor se cayó mientras intentaba atravesar la puerta.

Gregor terjatuh ketika dia menolak dirinya melalui pintu.

Dejó escapar un pequeño grito mientras trataba de agarrar algo para apoyarse.

Dia menjerit kecil sambil meraih sokongan.

Pero en lugar de pánico, sintió un bienestar físico.

Tetapi daripada panik, dia merasakan kesejahteraan fizikal.

Por primera vez esa mañana algo se sintió bien.

Buat pertama kalinya pagi itu, sesuatu terasa betul.

Todas sus piernas ahora tenían tierra sólida debajo de ellas.
Semua kakinya kini mempunyai tanah yang kukuh di
bawahnya.
Se sorprendió de lo bien que podía controlar sus piernas.
Dia terkejut betapa baiknya dia dapat mengawal kakinya.
**Se alegró de notar que sus piernas le obedecían
completamente.**
Dia gembira apabila melihat kakinya mematuhinya
sepenuhnya.
De hecho, sus piernas lo llevaban a donde quería.
Malah kakinya membawanya ke mana sahaja yang dia mahu.
Pronto todas sus penas estaban destinadas a llegar a su fin.
Tidak lama lagi semua kesedihannya pasti akan berakhir.
Pero en ese mismo momento su propia madre saltó.
Tetapi pada saat yang sama ibunya sendiri melompat bangun.
Sus brazos estaban extendidos y sus dedos separados.
Tangannya dihulurkan, dan jari-jarinya direnggangkan.
**Y ella gritó: "¡Socorro! ¡Por el amor de Dios, que alguien
ayude!"**
Dan dia menjerit, "Tolong, demi Tuhan, tolonglah!"
Ella inclinó la cabeza; quería ver mejor a Gregor.
Dia memiringkan kepalanya; dia mahu melihat Gregor
dengan lebih dekat.
**Pero en contraposición a la primera acción, ella corrió hacia
atrás.**
Tetapi sebagai penguncupan kepada tindakan pertama, dia
berlari ke belakang.
Se había olvidado que la mesa estaba puesta detrás de ella.
Dia terlupa bahawa meja itu telah disediakan di belakangnya.
**Todos los elementos para el desayuno todavía estaban en la
mesa.**
Semua barang untuk sarapan masih ada di atas meja.
Se sentó apresuradamente en la mesa, como distraída.
Dia duduk tergesa-gesa di atas meja, seolah-olah sedang leka.
Y ella no pareció darse cuenta del café derramado.
Dan dia seolah-olah tidak perasan kopi yang tumpah itu.
El café que ahora estaba empapando la alfombra.

Kopi yang kini meresap ke karpet.

—**Mamá, madre —dijo Gregor suavemente, mirándola.**

"Ibu, ibu," kata Gregor lembut sambil mendongak memandangnya.

Por el momento el manager no era importante para él.

Buat masa ini pengurus itu tidak penting baginya.

Pero también estaba el café goteando sobre la alfombra.

Tetapi terdapat juga kopi yang menitis ke atas permaidani.

Gregor no pudo resistirse a chasquear las mandíbulas al tomar el café.

Gregor tidak dapat menahan diri daripada menggertakkan rahangnya ketika menikmati kopi itu.

La madre comenzó a llorar nuevamente por su comportamiento.

Ibu itu mula menangis lagi kerana kelakuannya.

Ella saltó de la mesa para distanciarse de él.

Dia melompat turun dari meja untuk menjarakkan dirinya daripadanya.

Y ella corrió a los brazos del padre, buscando seguridad.

Dan dia berlari ke dalam pelukan ayahnya, untuk mendapatkan keselamatan.

Pero Gregor ya no tenía tiempo que perder con sus padres.

Tetapi Gregor tidak mempunyai masa lapang untuk ibu bapanya sekarang.

El oficial autorizado ya estaba en las escaleras.

Pegawai yang diberi kuasa itu sudah berada di tangga.

Apoyó la barbilla en la barandilla para mirar dentro de la casa.

Dia menyandarkan dagunya pada susur tangga, untuk melihat ke dalam rumah.

Al parecer quería echar un último vistazo al espectáculo.

Nampaknya dia mahu melihat pertunjukan itu buat kali terakhir.

Y Gregor hizo un último esfuerzo para llegar hasta el gerente.

Dan Gregor membuat usaha terakhir untuk menghubungi pengurus itu.

Corrió hacia la puerta tan seguro como pudo.
Dia berlari ke arah pintu seaman yang dia mampu.
Pero el jefe de oficina debía de sospechar algo.
Tetapi ketua kerani itu pasti mengesyaki sesuatu.
Porque saltó varios escalones y desapareció.
Kerana dia melompat turun beberapa anak tangga dan hilang.
—¡Huh! —gritó Gregor, resonando en la escalera.
"Huh!" jerit Gregor, bergema melalui tangga.
La fuga del gerente también pareció confundir a su padre.
Pelarian pengurus itu juga seolah-olah mengelirukan
bapanya.
Hasta entonces había conseguido mantener la compostura.
Sehingga itu, dia berjaya kekal tenang.
**Pero desgraciadamente él también perdió la compostura que
había tenido.**
Tetapi malangnya dia juga hilang ketenangan yang
dimilikinya.
**Lo que debería haber hecho es ayudar a Gregor en su
persecución.**
Apa yang sepatutnya dia lakukan ialah membantu Gregor
dalam pengejarannya.
Pero con una mano agarró el bastón del gerente.
Tetapi, dia mencapai tongkat pengurus itu dengan sebelah
tangan.
Y en la otra mano sostenía ahora un periódico.
Dan di sebelah tangannya yang satu lagi dia kini memegang
surat khabar.
Y ahora estorbó directamente a Gregor en su persecución.
Dan dia kini secara langsung menghalang Gregor dalam
pengejarannya.
Se había colocado entre Gregor y la calle.
Dia telah meletakkan dirinya di antara Gregor dan jalanan.
Golpeó el suelo con los pies y agitó el palo y el periódico.
Dia menghentakkan kakinya, lalu melambaikan tongkat dan
surat khabar.
**Y él estaba forzando activamente a Gregor a regresar a su
habitación.**

Dan dia sedang giat memaksa Gregor kembali ke biliknya.
Ninguna de las peticiones que Gregor intentó hacer sirvió de algo.
Tiada satu pun permintaan yang cuba dibuat oleh Gregor yang membantu.
Porque ninguna de las peticiones que hizo fue entendida.
Kerana tiada satu pun permintaan yang dibuatnya difahami.
Giró la cabeza hacia un ángulo más profundo y humilde.
Dia memalingkan kepalanya ke sudut yang lebih dalam dan lebih rendah diri.
Pero su padre respondió golpeando el suelo con más fuerza.
Tetapi ayahnya membalas dengan menghentakkan kakinya lebih kuat lagi.
La madre abrió una ventana, a pesar del clima frío.
Ibu itu membuka tingkap, walaupun cuaca sejuk.
Y apretó su cara entre sus manos en el frío.
Dan dia menekup mukanya ke dalam tangannya dalam kesejukan.
El viento ahora podría pasar por todo el apartamento.
Angin kini boleh melalui seluruh apartmen.
Una fuerte corriente de aire soplaba desde la escalera hacia el callejón.
Satu angin kencang bertiup dari tangga ke lorong.
Las cortinas se agitaban a causa del fuerte viento.
Langsir-langsir itu berkibar-kibar ditiup angin kencang.
Y el periódico sobre la mesa crujió con el viento.
Dan surat khabar di atas meja berdesir ditiup angin.
Incluso algunas hojas fueron arrastradas hasta el interior de la casa desde el exterior.
Malah beberapa helai daun juga ditiup masuk ke dalam rumah dari luar.
El padre pateaba y empujaba sin descanso.
Si bapa menghentakkan kakinya dan menolak tanpa henti.
Y silbaba y hacía ruidos como lo haría un hombre salvaje.
Dan dia mendesis dan mengeluarkan bunyi seperti orang liar.
Pero Gregor aún no había practicado el caminar hacia atrás.
Tetapi Gregor belum lagi berlatih berjalan mengundur.

Incluso Gregor admitiría que este movimiento era mucho más lento.

Malah Gregor akan mengakui pergerakan ini jauh lebih perlahan.

Pero lo único que quería era la oportunidad de cambiar las cosas.

Apa yang dia mahukan hanyalah peluang untuk berpatah balik.

Entonces se habría ido directamente a su habitación.

Kemudian dia akan terus ke biliknya.

Pero tenía demasiado miedo de impacientar a su padre.

Tetapi dia terlalu takut membuat ayahnya tidak sabar.

Y allí estaba la amenaza de un golpe con el palo.

Dan terdapat ancaman pukulan dengan kayu itu.

Un golpe así en la parte posterior de la cabeza podría ser fatal.

Pukulan sedemikian di bahagian belakang kepala boleh membawa maut.

Pero al final Gregor no tuvo otra opción.

Tetapi akhirnya Gregor tidak mempunyai pilihan lain.

Se dio cuenta de que ni siquiera podía caminar hacia atrás en línea recta.

Dia sedar dia tidak boleh berjalan lurus ke belakang.

Empezó a girar tan rápido como pudo.

Dia mula berpaling secepat yang dia mampu.

Pero en realidad este movimiento giratorio era igualmente lento.

Tetapi sebenarnya pergerakan berpusing ini sama perlahannya.

Y le siguieron las miradas ansiosas del padre.

Dan dia diikuti dengan pandangan cemas si ayah.

Quizás el padre notó las buenas intenciones de Gregor.

Mungkin ayahnya perasan niat baik Gregor.

Porque no le impidió darse la vuelta.

Kerana dia tidak mengganggunya daripada berpaling.

Incluso utilizó la punta de su bastón para guiar la rotación.

Dia juga menggunakan hujung tongkatnya untuk membimbing putaran itu.

¡Pero Gregor aún deseaba que su padre no le hubiera silbado!

Tetapi Gregor masih berharap ayahnya tidak mendesis kepadanya!

El silbido sólo aumentó la confusión del momento.

Desis itu hanya menambahkan lagi kekeliruan saat itu.

Y luego cometió un error y giró en la dirección equivocada.

Dan kemudian dia melakukan kesilapan dan membelok ke arah yang salah.

Al final logró encarar el camino correcto.

Akhirnya dia berjaya menghadapi jalan yang betul.

Y estaba satisfecho con el progreso que había logrado.

Dan dia berpuas hati dengan kemajuan yang telah dicapainya.

Pero entonces el siguiente problema se hizo aún más evidente.

Tetapi kemudian masalah seterusnya menjadi lebih jelas.

Su cuerpo era demasiado ancho para pasar fácilmente por la puerta.

Badannya terlalu lebar untuk masuk dengan mudah melalui pintu.

En su estado actual el padre no se dio cuenta de esto.

Dalam keadaannya sekarang, ayahnya tidak menyedarinya.

Así que no se le ocurrió abrir más la puerta.

Jadi dia tidak terfikir untuk membuka pintu itu lebih jauh.

Entonces habría habido suficiente espacio para Gregor.

Kalau begitu, pasti ada ruang yang mencukupi untuk Gregor.

Su única prioridad era conseguir que Gregor entrara a su habitación.

Keutamaannya hanyalah untuk membawa Gregor masuk ke biliknya.

Habría tenido que ponerse de pie para poder pasar por la puerta.

Dia terpaksa berdiri untuk masuk melalui pintu itu.

Pero el padre no hubiera permitido tal maniobra.

Tetapi bapanya tidak akan membenarkan tindakan
sedemikian.
**De hecho, le estaba siseando aún más salvajemente que
antes.**
Malah dia mendesis kepadanya lebih liar daripada
sebelumnya.
Sonaba como si más de un hombre le estuviera silbando.
Ia kedengaran seperti lebih daripada sekadar seorang lelaki
mendesis kepadanya.
Sus demandas parecían tener una nueva urgencia detrás.
Tuntutannya seolah-olah mempunyai desakan baharu di
sebaliknya.
Realmente ya no había más tiempo para perder el tiempo.
Sudah tiada masa lagi untuk bermain-main sekarang.
Pasara lo que pasara, Gregor tenía que atravesar la puerta.
Apa pun yang berlaku, Gregor terpaksa melalui pintu itu.
Se abrió paso sin ningún respeto por sí mismo.
Dia memaksa dirinya tanpa sebarang rasa hormat pada diri
sendiri.
**Un lado de su cuerpo fue empujado hacia arriba por el
movimiento.**
Sebelah badannya terpaksa diangkat ke atas oleh gerakan itu.
Y él yacía torpe y torcido en el umbral de la puerta.
Dan dia terbaring janggal dan senget di antara ambang pintu.
Uno de sus flancos quedó en carne viva rozando la madera.
Salah satu rusuknya tergesel kasar pada kayu.
Y había dejado feas manchas en la puerta pintada de blanco.
Dan dia telah meninggalkan kesan hodoh pada pintu yang
dicat putih itu.
**Las piernas de uno de sus costados colgaban temblando en
el aire.**
Kaki di salah satu sisinya tergantung menggigil di udara.
**Sus otras piernas estaban presionadas dolorosamente contra
el suelo.**
Kakinya yang lain dihimpit dengan sakit ke lantai.
**Pronto se quedaría atrapado completamente entre las
puertas.**

Tidak lama lagi dia akan tersekat sepenuhnya di antara pintu.

Y entonces no habría podido moverse en absoluto.

Dan kemudian dia tidak akan dapat bergerak sama sekali.

Pero el padre le dio un fuerte empujón realmente liberador.

Tetapi ayahnya memberinya desakan kuat yang benar-benar membebaskan.

Y cayó, sangrando profusamente, hasta el fondo de su habitación.

Dan dia jatuh, berdarah teruk, jauh ke dalam biliknya.

El padre cerró la puerta tras de sí con su bastón.

Si bapa menghempas pintu di belakangnya dengan tongkatnya.

Y finalmente hubo algo de paz y tranquilidad nuevamente.

Dan akhirnya ada sedikit kedamaian dan ketenangan lagi.

Segunda parte
Bahagian Dua

Gregor no se despertó hasta mucho más tarde ese mismo día.
Gregor tidak bangun sehingga lewat petang.
Había anochecido; había dormido profundamente e inconscientemente.
Senja telah tiba; dia tidur nyenyak dan tidak sedarkan diri.
Se habría despertado incluso sin que nadie lo hubiera molestado.
Dia pasti akan bangun walaupun tanpa diganggu.
Porque se sentía suficientemente descansado y bien dormido.
Kerana dia berasa cukup rehat dan tidur nyenyak.
Pero le pareció oír unos pasos fugaces afuera.
Tetapi dia sangkakan dia terdengar beberapa langkah kaki sekejap di luar.
Y alguien podría haber cerrado cuidadosamente la puerta principal.
Dan seseorang mungkin telah menutup pintu depan dengan berhati-hati.
La luz del tranvía eléctrico se reflejaba pálidamente en el techo.
Cahaya trem elektrik malap di siling.
La parte superior del mueble también recibió un poco de luz.
Bahagian atas perabot juga menerima sedikit cahaya.
Pero allá abajo, a la altura de Gregor, estaba oscuro.
Tetapi di tanah, separas Gregor, keadaannya gelap.
Sus piernas lo empujaron lentamente hacia la puerta nuevamente.
Kakinya perlahan-lahan menolaknya ke arah pintu semula.
Tenía mucha curiosidad por ver qué había sucedido allí.
Dia sangat ingin tahu apa yang telah berlaku di sana.
Pero su control de sus sensores aún no estaba desarrollado.
Tetapi kawalannya terhadap alat perabanya masih belum berkembang.

Aunque empezó a apreciar estos nuevos sensores.
Walaupun dia mula menghargai sensor baharu ini.
Una cicatriz larga y desagradable parecía recorrer su costado izquierdo.
Satu parut panjang yang tidak menyenangkan kelihatan mengalir di sebelah kirinya.
La cicatriz parecía como si apretara ese lado de su cuerpo.
Parut itu terasa seperti menegangkan bahagian badan itu.
Y entonces tuvo que cojear literalmente sobre sus dos filas de piernas.
Jadi dia terpaksa benar-benar tempang di atas dua baris kakinya.
Esa mañana una de sus piernas resultó gravemente herida.
Sebelah kakinya cedera parah pagi itu.
Realmente fue un milagro que no se hubiera roto más piernas.
Sungguh ia satu keajaiban kerana dia tidak mematahkan kakinya lagi.
Y así arrastró sin vida su pierna herida.
Dan dia mengheret kakinya yang cedera tidak bermaya ke belakangnya.
Cuando llegó a la puerta se dio cuenta de algo profundo.
Apabila dia sampai di pintu, dia menyedari sesuatu yang mendalam.
Fue el olor de algo lo que lo atrajo hasta allí.
Bau sesuatu yang telah menariknya ke sana.
A Gregor le habían dejado algo comestible en su habitación.
Sesuatu yang boleh dimakan telah ditinggalkan untuk Gregor di dalam biliknya.
Trozos de pan blanco flotando en un cuenco de leche dulce.
Cebisan roti putih terapung di dalam semangkuk susu manis.
Apenas podía contener la alegría que había dentro de él.
Dia hampir tidak dapat menahan kegembiraan yang ada di dalam dirinya.
Ahora tenía incluso más hambre que por la mañana.
Dia lebih lapar sekarang berbanding pagi tadi.
Inmediatamente sumergió su cabeza en el cuenco de leche.

Dia segera mencelupkan kepalanya ke dalam mangkuk susu.

La leche le salía casi por toda la cabeza, hasta los ojos.

Susu itu keluar hampir ke seluruh kepalanya, hingga ke matanya.

Pero pronto echó la cabeza hacia atrás, amargamente decepcionado.

Tetapi dia segera menarik kepalanya ke belakang, kecewa.

Comer era difícil debido a su delicado lado izquierdo.

Makan menjadi sukar kerana bahagian kirinya yang halus.

Y sólo podía comer jadeando con todo su cuerpo.

Dan dia hanya boleh makan dengan tercungap-cungap menggunakan seluruh badannya.

Pero esa no fue la verdadera razón de su decepción.

Tetapi itu bukanlah sebab sebenar kekecewaannya.

La leche siempre había sido uno de sus platos favoritos.

Susu sentiasa menjadi salah satu hidangan kegemarannya.

No tenía ninguna duda de que su hermana recordaba esto.

Dia tidak ragu-ragu bahawa kakaknya masih ingat akan hal ini.

Y esa fue la razón por la que le había dado leche.

Dan itulah sebabnya dia memberinya susu.

No podía explicar por qué ahora no le gustaba la leche.

Dia tidak dapat menjelaskan mengapa dia kini tidak menyukai susu.

Y se apartó del cuenco casi con reticencia.

Dan dia berpaling dari mangkuk itu hampir dengan keberatan.

Decepcionado, se arrastró de nuevo hasta el centro de la habitación.

Dengan rasa kecewa, dia merangkak kembali ke tengah bilik.

Desde allí pudo ver a través de la rendija de la puerta.

Di sini dia dapat melihat melalui celah di pintu.

Pudo ver que el fuego en la sala de estar estaba encendido.

Dia dapat melihat unggun api di ruang tamu itu sedang menyala.

Generalmente a esta hora el padre leía el periódico.

Biasanya pada masa ini bapa membaca surat khabar.

Él siempre solía leerle a la madre en voz alta.
Dia selalu membacakan untuk ibunya dengan suara yang meninggi.
A veces la hermana también escuchaba al padre.
Kadangkala kakak juga mendengar cerita ayahnya.
Ella siempre le había contado a Gregor sobre esta lectura en voz alta.
Dia selalu memberitahu Gregor tentang bacaan kuat ini.
Pero hoy no se oía ningún sonido en la habitación.
Tapi hari ini tiada bunyi yang kedengaran dari bilik itu.
Quizás este hábito ya había caído en desuso.
Mungkin tabiat ini sudah tidak lagi diamalkan.
Un profundo silencio se había apoderado de todo el apartamento.
Suasana sunyi yang mendalam menyelubungi seluruh apartmen.
Aunque sabía que el apartamento ciertamente no estaba vacío.
Walaupun dia tahu apartmen itu pastinya tidak kosong.
«¡Qué vida tan tranquila lleva la familia!», pensó Gregor.
"Alangkah tenangnya kehidupan keluarga ini," fikir Gregor.
Y miró hacia la oscuridad con gran orgullo.
Dan dia merenung ke dalam kegelapan dengan rasa bangga yang besar.
Estaba orgulloso de la vida que había podido darles.
Dia berbangga dengan kehidupan yang telah dapat diberikannya kepada mereka.
Estaba orgulloso del hermoso apartamento en el que vivían.
Dia berbangga dengan apartmen yang cantik yang mereka diami.
¿Pero toda esta paz estaba a punto de tener un final terrible?
Tetapi adakah semua kedamaian ini akan berakhir dengan dahsyat?
¿Les iban a quitar su prosperidad?
Adakah kemakmuran mereka akan dirampas daripada mereka?
¿Su satisfacción ahora era incierta en el futuro?

Adakah kepuasan mereka kini tidak menentu pada masa hadapan?

Pero él no quería perderse en tales pensamientos.

Tetapi dia tidak mahu tenggelam dalam fikiran sedemikian.

Para mantenerse ocupado se arrastraba arriba y abajo por las paredes.

Untuk memastikan dirinya sibuk, dia merangkak naik turun dinding.

Durante la larga velada una puerta estaba entreabierta.

Semasa petang yang panjang itu, satu pintu terbuka sedikit.

Y en otro momento la otra puerta se abrió un poquito.

Dan pada masa yang lain pintu yang satu lagi terbuka sedikit.

Pero en ambas ocasiones las puertas se cerraron rápidamente de nuevo.

Tetapi kedua-dua kali pintu ditutup semula dengan cepat.

Estaba claro que alguien de fuera tenía el deseo de entrar.

Jelas sekali seseorang di luar berhasrat untuk masuk.

Pero también tenían demasiadas preocupaciones acerca de venir.

Tetapi mereka juga mempunyai terlalu banyak kebimbangan tentang masuk.

Gregor ahora se detuvo directamente en la puerta de la sala de estar.

Gregor kini berhenti betul-betul di pintu ruang tamu.

Estaba decidido a tentar de algún modo al indeciso visitante.

Dia bertekad untuk menggoda pengunjung yang teragak-agak itu.

Y también quería saber quién había sido el visitante.

Dan dia juga ingin tahu siapakah pelawat itu.

Pero aquella noche la puerta no se abrió una tercera vez.

Tetapi pada petang itu pintu itu tidak dibuka untuk kali ketiga.

Y Gregorio esperaba en vano junto a la puerta.

Dan Gregor menghabiskan masanya menunggu di tepi pintu dengan sia-sia.

Más temprano ese día todos querían entrar a la habitación.

Awal hari itu mereka semua mahu masuk ke dalam bilik itu.

Ahora que las puertas estaban desbloqueadas sería más fácil para ellos.
Sekarang pintu-pintu itu tidak berkunci, ia akan menjadi lebih mudah untuk mereka.
Pero ellos prefirieron quedarse al otro lado de la habitación.
Tetapi mereka memilih untuk duduk di seberang bilik.
Gregor se dio cuenta de que las llaves ya no estaban en sus cerraduras.
Gregor perasan kunci-kunci itu sudah tiada di dalam gemboknya.
Alguien debe haber movido las llaves a la cerradura exterior.
Mesti ada orang yang telah mengalihkan kunci ke bahagian luar.
Sólo tarde por la noche se apagó la luz de la sala de estar.
Hanya lewat malam lampu ruang tamu dimatikan.
La familia debe haber permanecido despierta todo el tiempo.
Keluarga itu pasti berjaga sepanjang masa.
Y Gregor podía oírlos claramente alejándose de puntillas.
Dan Gregor dapat mendengar dengan jelas mereka berjalan berjingkat-jingkat pergi.
Ahora nadie vendría a ver a Gregor hasta la mañana.
Sekarang tiada sesiapa yang akan datang kepada Gregor sehingga pagi.
Así que tuvo mucho tiempo para sí mismo, para pensar sin interrupciones.
Jadi dia mempunyai masa yang lama untuk dirinya sendiri, berfikir tanpa terganggu.
¿Cuál sería la mejor manera de reorganizar su vida ahora?
Apakah cara terbaik untuk mengatur semula hidupnya sekarang?
Pero las altas paredes de la habitación vacía lo asustaban.
Tetapi dinding bilik kosong yang tinggi itu menakutkannya.
No le quedó más remedio que tumbarse en el suelo.
Dia tidak mempunyai pilihan selain merebahkan dirinya di atas tanah.
Y nunca encontró la causa de su miedo en ese espacio.

Dan dia tidak pernah menemui punca ketakutannya di ruang itu.

Era la misma habitación en la que había vivido durante cinco años.

Ia adalah bilik yang sama yang dia diami selama lima tahun.

Medio inconscientemente hizo un movimiento hacia el sofá.

Separuh sedar dia membuat pergerakan ke arah sofa.

Y sin ninguna vergüenza se escondió debajo del sofá.

Dan tanpa rasa malu dia menyembunyikan dirinya di bawah sofa.

Allí abajo se sintió inmediatamente de nuevo muy a gusto.

Di bawah sana dia serta-merta berasa sangat selesa semula.

A pesar de que tenía la espalda un poco presionada.

Walaupun belakangnya sedikit terhimpit.

Ya no podía levantar la cabeza debajo del sofá.

Dia juga tidak lagi dapat mendongakkan kepalanya ke bawah sofa.

Pero incluso esto lo prefería a estar en cualquier espacio abierto.

Tetapi walaupun begitu, dia lebih suka berada di mana-mana kawasan terbuka.

Sin embargo, lamentó que su cuerpo fuera tan ancho.

Walau bagaimanapun, dia kesal kerana tubuhnya begitu lebar.

El sofá no podía cubrir completamente todo su cuerpo.

Sofa itu tidak dapat menutupi seluruh tubuhnya sepenuhnya.

Se quedó debajo del sofá toda la noche.

Dia berada di bawah sofa sepanjang malam itu.

La noche la pasó medio dormido, perturbado por el hambre.

Malam itu dia menghabiskan separuh tidur, terganggu oleh rasa laparnya.

Y el tiempo que estaba despierto lo pasaba preocupado o esperanzado.

Dan masa berjaga yang dihabiskannya sama ada dengan risau, atau berharap.

Pero todas sus vagas esperanzas llevaron a la misma conclusión.

Tetapi semua harapannya yang samar-samar membawa kepada kesimpulan yang sama.

No tuvo más remedio que permanecer en silencio por el momento.

Dia tidak mempunyai pilihan selain berdiam diri buat masa ini.

Tuvo que mostrar paciencia y consideración hacia la familia.

Dia terpaksa menunjukkan kesabaran dan pertimbangan kepada keluarga itu.

Era la única manera de hacer soportable el inconveniente.

Itu satu-satunya cara untuk mengurangkan kesulitan itu.

Los inconvenientes que ahora estaba causando a la familia.

Kesusahan yang kini dipaksakannya ke atas keluarga itu.

No tuvo que esperar mucho para demostrar su compasión.

Dia tidak perlu menunggu lama untuk membuktikan belas kasihannya.

Temprano por la mañana la hermana miró dentro de su habitación.

Awal pagi lagi kakak itu menjenguk ke dalam biliknya.

Aunque en realidad era tan de noche como de mañana.

Walaupun sebenarnya ia sama seperti malam dan pagi.

Ella estaba completamente vestida y parecía mostrar entusiasmo.

Dia berpakaian lengkap, dan kelihatan menunjukkan keterujaan.

La fuerza de su nueva decisión podría ser puesta a prueba.

Kekuatan keputusan yang baru dibuatnya itu boleh diuji.

Ella no lo encontró inmediatamente con su primera mirada.

Dia tidak serta-merta menemuinya dengan pandangan pertama.

Tenía que estar en algún lugar, no podía haber volado.

Dia mesti berada di suatu tempat; dia tidak mungkin terbang pergi.

Pero entonces sus ojos hicieron un segundo recorrido por la habitación.

Namun kemudian matanya melirik ke seluruh bilik untuk kali kedua.

Y esta vez vio su torso debajo del sofá.
Dan kali ini dia ternampak badan lelaki itu di bawah sofa.
Estaba tan asustada que perdió todo el control de sí misma.
Dia begitu takut sehingga dia hilang kawalan diri.
Y su primera reacción fue cerrar la puerta de golpe.
Dan reaksi pertamanya ialah menutup pintu dengan kuat
sekali lagi.
**Pero también pareció arrepentirse inmediatamente de su
comportamiento.**
Tetapi dia juga seolah-olah serta-merta menyesali
kelakuannya.
Tan pronto como cerró la puerta de golpe, la abrió de nuevo.
Sebaik sahaja dia menghempas pintu, dia membukanya
semula.
Y esta vez entró de puntillas en la habitación con cuidado.
Dan kali ini dia perlahan-lahan melangkah masuk ke dalam
bilik.
**Se movía como si estuviera visitando a una persona
gravemente enferma.**
Dia bergerak seolah-olah sedang melawat orang yang sakit
tenat.
O tal vez estaba visitando a un completo desconocido.
Atau dia mungkin sedang melawat orang yang tidak dikenali.
Gregor empujó su cabeza casi hasta el borde del sofá.
Gregor menolak kepalanya hampir ke tepi sofa.
**Y desde debajo de la caja fuerte la observaba en la
habitación.**
Dan dari bawah peti besi dia memerhatikannya di dalam bilik.
¿Se daría cuenta de que había dejado la leche?
Adakah dia akan perasan bahawa susu itu telah tertinggal?
No había dejado la leche por falta de hambre.
Dia tidak meninggalkan susu itu kerana tidak lapar.
¿En lugar de eso le traería comida diferente?
Adakah dia akan membawakannya makanan yang berbeza?
Quizás un plato que se ajustara mejor a sus preferencias.
Mungkin hidangan yang lebih sesuai dengan pilihannya.
Pero ella misma habría tenido que notar su apetito.

Tetapi dia sendiri perlu perasan selera makannya.

Preferiría morir de hambre antes que hacerle saber eso.

Dia lebih rela kelaparan daripada membuatnya sedar akan hal itu.

En realidad le habría gustado mucho decírselo.

Sebenarnya dia ingin sekali memberitahunya.

Estuvo realmente tentado de disparar desde debajo del sofá.

Dia benar-benar tergoda untuk melompat keluar dari bawah sofa.

Quería arrojarse a los pies de su hermana.

Dia ingin merebahkan dirinya di kaki kakaknya.

Y quiso pedirle algo bueno para comer.

Dan dia ingin meminta sesuatu yang enak untuk dimakan daripadanya.

Pero entonces la hermana miró hacia el cuenco de leche.

Tetapi kemudian kakak itu memandang ke arah mangkuk susu itu.

Inmediatamente se dio cuenta de que el cuenco todavía estaba lleno.

Dia serta-merta perasan bahawa mangkuk itu masih penuh.

Le sorprendió bastante que Gregor no hubiera comido nada.

Dia agak terkejut Gregor tidak makan apa-apa.

Sólo se había derramado un poco de leche en el suelo.

Hanya sedikit susu yang tumpah di atas lantai.

Inmediatamente cogió el cuenco y lo sacó.

Dia segera mengambil mangkuk itu, dan membawanya keluar.

Él vio que ella no recogió el cuenco con sus propias manos.

Dia melihat wanita itu tidak mengangkat mangkuk itu dengan tangan kosong.

En lugar de eso, recogió el cuenco con uno de los trapos.

Sebaliknya dia mengambil mangkuk itu menggunakan salah satu kain buruk itu.

Pero Gregor se olvidó muy rápidamente de este pequeño detalle.

Tetapi Gregor dengan cepat melupakan butiran kecil ini.

Ahora estaba mucho más entusiasmado por otra cosa.

Dia kini lebih teruja dengan sesuatu yang lain.
¿Qué podría traer como reemplazo de la leche?
Apa yang mungkin dia bawa sebagai pengganti susu itu?
Tenía varios pensamientos sobre lo que ella podría traer.
Dia mempunyai pelbagai fikiran tentang apa yang mungkin dibawa oleh wanita itu.
Pero la bondad de su hermana superó sus expectativas.
Tetapi kebaikan kakaknya melebihi jangkaannya.
Se dio cuenta de que tenía que probar cuáles eran sus nuevos gustos.
Dia sedar dia perlu menguji citarasa baharu lelaki itu.
Así que trajo toda una selección de alimentos diferentes.
Jadi dia membawa pelbagai pilihan makanan yang berbeza.
Verduras medio podridas, huesos de la cena.
Sayur-sayuran separuh busuk, tulang dari makan malam.
Salsa solidificada de la otra comida que habían comido.
Sos pejal daripada hidangan lain yang mereka makan.
Unas pasas, unas almendras, pan seco, pan con mantequilla.
Sedikit kismis, sedikit badam, roti kering, roti mentega.
Un poco de pan untado con mantequilla y también con sal.
Sedikit roti yang telah disapu mentega dan juga garam.
Queso que Gregor había declarado incomestible hacía dos días.
Keju yang telah diisytiharkan Gregor tidak boleh dimakan dua hari lalu.
Toda esta selección de comida fue colocada en un periódico.
Semua pilihan makanan ini diletakkan di atas surat khabar.
Y también colocó un recipiente con agua al lado de sus comidas.
Dan dia juga meletakkan semangkuk air di sebelah makanannya.
Ella sabía que Gregor no habría comido delante de ella.
Dia tahu Gregor tidak akan makan di hadapannya.
Entonces, por respeto hacia él, salió nuevamente de la habitación.
Jadi kerana menghormatinya, dia meninggalkan bilik itu sekali lagi.

Y hasta giró la llave en la cerradura al salir.
Dan dia juga memusingkan kunci di dalam lubang kunci itu
semasa dia beredar.
**Pero ella giró la llave muy silenciosamente y con mucho
cuidado.**
Tetapi dia memusingkan kunci itu dengan sangat senyap dan
berhati-hati.
**De esta manera sólo Gregor sabría que la puerta estaba
cerrada.**
Dengan cara ini hanya Gregor yang akan tahu pintu itu
berkunci.
Ahora podía ponerse tan cómodo como quisiera.
Sekarang dia boleh selesakan dirinya sesuka hatinya.
**Las piernas de Gregor zumbaban cuando llegó la hora de
comer.**
Kaki Gregor berdesing-desing apabila tiba masanya untuk
makan.
**Lo que vale la pena destacar es que ya no sentía ninguna
molestia.**
Perlu diingatkan bahawa dia tidak lagi berasa tidak selesa.
Sus heridas deben haber sanado ya por completo.
Lukanya pasti sudah sembuh sepenuhnya.
Porque ya no sentía sus discapacidades anteriores.
Kerana dia tidak lagi merasakan kecacatannya sebelum ini.
Su nueva capacidad de curar lo sorprendió y lo asombró.
Kebolehan barunya untuk menyembuhkan mengejutkan dan
mengkagumkannya.
Hace más de un mes se cortó el dedo con un cuchillo.
Lebih sebulan yang lalu dia telah melukai jarinya dengan
pisau.
Hasta hace dos días esa herida todavía le dolía.
Sehingga dua hari yang lalu, luka itu masih menyakitkannya.
"¿Soy mucho menos sensible ahora?" pensó para sí mismo.
"Adakah saya sudah kurang sensitif sekarang?" fikirnya
sendirian.
Para entonces ya estaba chupando con avidez el queso.
Sekarang dia sudah pun menghisap keju itu dengan rakus.

Se sintió atraído por el queso más que por el resto de la comida.
Dia lebih tertarik kepada keju itu berbanding makanan lain.
Comió rápidamente un trozo de queso tras otro.
Dia cepat-cepat makan satu demi satu keping keju.
Sus ojos se llenaron de lágrimas de satisfacción al probarlo.
Matanya berkaca-kaca puas menikmati rasanya.
Después del queso comió las verduras y la salsa.
Selepas keju dia makan sayur-sayuran dan sosnya.
Sin embargo, la comida fresca no le sabía bien.
Walau bagaimanapun, makanan segar itu tidak sedap baginya.
De hecho, ni siquiera podía soportar el olor de la comida fresca.
Malah dia tidak tahan dengan bau makanan segar.
Incluso arrastró el resto de la comida lejos de la comida fresca.
Dia juga menyeret makanan lain menjauhi makanan segar itu.
Y muy rápidamente terminó la comida más comestible.
Dan dengan cepat dia menghabiskan makanan yang paling boleh dimakan itu.
Toda aquella deliciosa comida tuvo sobre él un efecto soporífero.
Semua makanan yang lazat itu memberi kesan yang menenangkan kepadanya.
Y él permaneció acostado perezosamente en el lugar donde había comido.
Dan dia berbaring malas di tempat dia makan.
Finalmente su hermana regresó para ver cómo estaba nuevamente.
Akhirnya kakaknya kembali untuk memeriksanya sekali lagi.
Tuvo la previsión de girar la llave muy lentamente.
Dia mempunyai pandangan jauh untuk memusingkan kunci itu dengan sangat perlahan.
Esto le dio a Gregor una advertencia de que debía retirarse.
Ini memberi Gregor amaran bahawa dia harus berundur.

Aturdido y sobresaltado, se apresuró a volver debajo del sofá.

Dalam keadaan bingung dan terkejut, dia bergegas kembali ke bawah sofa.

Pero quedarse debajo del sofá no fue tan fácil esta vez.

Tetapi duduk di bawah sofa tidak begitu mudah kali ini.

Su cuerpo se había vuelto un poco redondeado por tanta comida.

Badannya menjadi sedikit bulat akibat semua makanan itu.

Y tuvo que controlarse para no quedarse sin nada otra vez.

Dan dia terpaksa mengawal dirinya agar tidak berlari keluar lagi.

Aunque la hermana no permaneció mucho tiempo en la habitación.

Walaupun kakak itu tidak lama berada di dalam bilik.

Le costaba respirar en ese estrecho espacio.

Dia sukar bernafas di bawah ruang sempit itu.

Pero él siguió adelante a pesar de los pequeños ataques de asfixia.

Tetapi dia tetap bertahan menghadapi sesak nafas kecil itu.

Con ojos desorbitados observaba las actividades de la hermana.

Dengan mata yang terbeliak dia memerhatikan aktiviti adik perempuan itu.

La hermana desprevenida vertió todo en un balde.

Kakak yang tidak curiga itu menuangkan semuanya ke dalam baldi.

Ella no sólo se deshizo de la comida que Gregor no había comido.

Dia bukan sahaja melupuskan makanan yang tidak dimakan Gregor.

Pero también se deshizo de la comida que él no había tocado.

Tetapi dia juga membuang makanan yang tidak disentuhnya.

Al parecer esa comida ya no era comestible para nadie.

Nampaknya makanan itu kini tidak lagi boleh dimakan oleh sesiapa pun.

Luego cerró el cubo de comida con una tapa de madera.
Dia kemudian menutup baldi makanan itu dengan penutup kayu.
Y con la comida, el balde y el trapeador, se fue.
Dan dengan makanan, baldi, dan mop, dia pergi.
Gregor no habría podido esperar mucho más tiempo.
Gregor tidak akan dapat menunggu lebih lama lagi.
Tan pronto como ella se fue, él se escapó de debajo del sofá.
Sebaik sahaja dia pergi, dia terus melarikan diri dari bawah sofa.
Y se estiró y resopló aliviado.
Dan dia meregangkan badannya sambil menghembus nafas lega.
Así recibía Gregorio comida de vez en cuando.
Beginilah cara Gregor menerima makanan dari semasa ke semasa.
Su hermana le dio de comer una vez temprano en la mañana.
Kakaknya pernah memberinya makanan pada awal pagi.
A esta hora los padres y la criada todavía dormían.
Pada waktu ini, ibu bapa dan pembantu rumah masih tidur.
Y recibió una segunda comida después de que todos almorzaron.
Dan dia menerima hidangan kedua selepas semua orang makan tengah hari.
Porque en ese momento los padres también durmieron un rato.
Kerana pada masa itu ibu bapa juga tidur sebentar.
Y la doncella fue enviada por su hermana a hacer algún recado.
Dan pembantu rumah itu dihantar oleh kakaknya untuk suatu urusan.
Ciertamente no tenían intención de dejar morir de hambre a Gregor.
Mereka sememangnya tidak berniat untuk membuat Gregor kelaparan.
Pero tampoco hubieran querido verlo comer.
Tetapi mereka juga tidak mahu melihatnya makan.

Lo que mencionó la hermana fue suficiente información.
Apa yang disebut oleh kakak itu sudah cukup maklumatnya.
Quizás era su manera de ahorrarles dolor a los padres.
Mungkin itu caranya untuk menghilangkan rasa sedih ibu
bapanya.
Ya habían sufrido bastante por sus acciones.
Mereka sudah cukup menderita dengan tindakannya.

**El primer día se iba convirtiendo poco a poco en un recuerdo
lejano.**
Hari pertama itu perlahan-lahan menjadi kenangan yang jauh.
Gregor no tenía forma de saber lo que pasó ese día.
Gregor langsung tidak tahu apa yang berlaku pada hari itu.
¿Cómo fue guiado el cerrajero fuera del apartamento?
Bagaimanakah tukang kunci itu dibimbing keluar dari
apartmen?
¿Con qué excusas quedó finalmente satisfecho el médico?
Dengan alasan apa doktor akhirnya berpuas hati?
No había encontrado ningún modo de hacerse entender.
Dia tidak menemui cara untuk membuat dirinya difahami.
Ni siquiera logró comunicarse con su hermana.
Dia langsung tidak sempat berkomunikasi dengan kakaknya.
Y entonces pensaron que no podía entenderlos.
Dan mereka menyangka bahawa dia tidak dapat memahami
mereka.
Y por eso no se hizo ningún esfuerzo para hablar con él.
Dan oleh itu, tiada usaha dibuat untuk bercakap dengannya.
**Su hermana entraba en su habitación todas las mañanas y a
la hora del almuerzo.**
Kakaknya datang ke biliknya setiap pagi dan makan tengah
hari.
Pero él tuvo que contentarse con escuchar sus suspiros.
Tetapi dia terpaksa berpuas hati dengan mendengar keluhan
wanita itu.
Más tarde se acostumbró un poco más a la forma de Gregor.
Kemudian dia menjadi lebih biasa dengan prestasi Gregor.
Y se sintió un poco más libre para hacer más comentarios.

Dan dia berasa lebih bebas untuk membuat lebih banyak komen.
(Aunque nunca se acostumbraría del todo a él.)
(Walaupun dia tidak akan pernah benar-benar terbiasa dengannya.)
Y entonces Gregor se sintió nuevamente hablado un poco más.
Dan kemudian Gregor berasa lebih diajak bercakap lagi.
Y captó lo que percibió como comentarios amistosos.
Dan dia menangkap apa yang dianggapnya sebagai komen mesra.
"Disfrutó su comida hoy" o "comió todo".
"Dia menikmati makanannya hari ini," atau "dia makan semuanya."
Pero eso fue sólo cuando hubo comido toda su comida.
Tetapi itu hanya berlaku apabila dia telah menghabiskan semua makanannya.
Pero últimamente esto se está volviendo cada vez menos frecuente.
Tetapi kebelakangan ini perkara ini semakin jarang berlaku.
"Apenas tocaba la comida", decía ella con más frecuencia ahora.
"Dia hampir tidak menyentuh makanannya," katanya lebih kerap sekarang.
Y había un toque de tristeza en su voz cada vez.
Dan setiap kali itu, ada sedikit rasa sedih dalam suaranya.
Gregor no pudo escuchar ninguna otra noticia más directamente.
Gregor tidak dapat mendengar sebarang berita lain dengan lebih langsung.
Pero escuchó muchas noticias de las habitaciones contiguas.
Tetapi dia terdengar banyak berita dari bilik-bilik bersebelahan.
Al oír voces corrió hacia la puerta correspondiente.
Apabila terdengar suara-suara, dia berlari ke pintu yang berdekatan.
Y apretó todo su cuerpo contra la puerta para escuchar.

Dan dia menekan seluruh tubuhnya ke pintu untuk mendengar.

Todas las conversaciones le concernían de una manera u otra.

Semua perbualan itu melibatkannya dalam beberapa cara.

Incluso cuando el tema parecía ser sobre otra cosa.

Walaupun topik itu seolah-olah mengenai sesuatu yang lain.

Esta observación fue especialmente cierta en los primeros tiempos.

Pemerhatian ini amat benar pada zaman dahulu.

Durante cada comida repetían la misma discusión.

Semasa setiap kali makan, mereka mengulangi perbincangan yang sama.

Todavía no estaban seguros de cómo comportarse a su alrededor.

Mereka masih tidak pasti tentang bagaimana hendak berkelakuan di sekelilingnya.

Pero el mismo tema también se discutió entre comidas.

Tetapi topik yang sama juga dibincangkan antara waktu makan.

Porque siempre había dos miembros de la familia en casa.

Kerana sentiasa ada dua ahli keluarga di rumah.

Nadie quería quedarse solo en la casa.

Tiada siapa yang mahu tinggal di rumah itu sendirian.

Pero dejar el piso vacío tampoco era una opción.

Tetapi meninggalkan flat itu kosong juga mustahil.

La criada era la única que no estaba atada al apartamento.

Pembantu rumah itu satu-satunya yang tidak terikat dengan apartmen itu.

Ella ya había pedido irse el primer día.

Dia sudah meminta untuk pergi pada hari pertama lagi.

Ella se puso de rodillas y pidió que la despidieran.

Dia melutut dan merayu agar dia dipecat.

La familia no sabía cuánto sabía realmente la criada.

Keluarga itu tidak tahu berapa banyak yang sebenarnya diketahui oleh pembantu rumah itu.

En ese momento ella no había visto más que nadie.

Pada peringkat itu dia tidak melihat lebih daripada orang lain.
Lo sucedido todavía era un misterio para la familia.
Apa yang telah berlaku masih menjadi misteri kepada keluarga itu.
Pero un cuarto de hora después se despidió.
Tetapi seperempat jam kemudian dia mengucapkan selamat tinggal.
Y agradeció a la familia con lágrimas en los ojos.
Dan dia mengucapkan terima kasih kepada keluarga itu dengan linangan air mata.
Pero en realidad les agradeció por haberla liberado.
Tetapi sebenarnya dia berterima kasih kepada mereka kerana telah membebaskannya.
Parecían haberle mostrado la mayor bondad.
Mereka seolah-olah telah menunjukkan kebaikan yang paling besar kepadanya.
Incluso hizo un juramento sin que se lo pidieran.
Dia juga bersumpah, tanpa diminta berbuat demikian.
Dijo que no le contaría a nadie lo que había sucedido.
Dia kata dia takkan beritahu sesiapa pun apa yang telah berlaku.
Ahora la hermana tenía que cocinar junto con su madre.
Sekarang kakak terpaksa memasak bersama-sama ibunya.
Pero esto realmente no era un gran inconveniente.
Tetapi ini sebenarnya tidaklah menyusahkan sangat.
Porque de todas formas los dos no comían casi nada.
Kerana mereka berdua hampir tidak makan apa-apa.
Gregor escuchó una y otra vez la misma conversación.
Berkali-kali Gregor terdengar perbualan yang sama.
Una persona le decía a otra que tenía que comer más.
Seorang memberitahu yang lain bahawa mereka perlu makan lebih banyak.
Pero esa persona no recibió ninguna respuesta de la persona.
Tetapi orang itu tidak menerima sebarang jawapan daripada orang itu.
"Gracias, tengo suficiente", o algo similar.
"Terima kasih, saya sudah cukup", atau sesuatu yang serupa.

Quizás ya no bebían nada tampoco.
Mungkin mereka juga tidak minum apa-apa lagi.
La hermana a menudo le preguntaba a su padre si quería
cerveza.
Kakak itu sering bertanya kepada ayahnya sama ada dia
mahu bir.
Y ella misma se ofreció calurosamente a ir a buscar la
cerveza.
Dan dia dengan mesra menawarkan diri untuk mengambil bir
itu sendiri.
El padre siempre permanecía en silencio ante su petición.
Ayahnya sentiasa berdiam diri atas permintaannya.
Así que la hermana tuvo que encontrar una manera de
eliminar cualquier duda.
Jadi kakak itu terpaksa mencari jalan untuk menghilangkan
sebarang keraguan.
Y ella dijo que enviaría a la criada a buscar algo de cerveza.
Dan dia kata dia akan menyuruh pembantu rumah itu
membeli bir.
Pero entonces el padre finalmente dijo un gran y rotundo
"no".
Tetapi kemudian si bapa akhirnya berkata dengan lantang,
"tidak".
Luego ya no se volvió a mencionar el tema de tomar una
cerveza.
Kemudian topik dia minum bir tidak lagi disebut.
Ya había explicado anteriormente la situación financiera.
Dia telah pun menjelaskan keadaan kewangan itu sebelum ini.
De hecho, mencionó las finanzas el primer día.
Malah, dia ada menyebut tentang kewangan pada hari
pertama lagi.
Les hizo saber perfectamente cuáles eran las perspectivas.
Dia memberitahu mereka dengan jelas tentang prospek yang
ada.
Su propio negocio se había derrumbado hacía unos cinco
años.

Perniagaannya sendiri telah muflis kira-kira lima tahun yang lalu.

De vez en cuando se levantaba para abandonar la mesa.
Sesekali dia berdiri untuk meninggalkan meja itu.

Y se dirigió a la caja registradora de su antiguo negocio.
Dan dia pergi ke mesin daftar tunai perniagaan lamanya.

Había salvado la caja registradora por sentimentalismo.
Dia telah menyelamatkan mesin daftar tunai itu kerana sentimental.

Gregor lo oyó abrir una cerradura pesada y complicada.
Gregor terdengar dia membuka kunci yang berat dan rumit.

Y sacó recibos y libros de la caja.
Dan dia mengeluarkan resit dan buku dari peti tunai.

Después de tomar los objetos volvió a cerrar la caja fuerte.
Selepas mengambil barang-barang itu, dia mengunci semula kotak wang tunai itu.

Gregor no había tenido buenas noticias desde su encarcelamiento.
Gregor tidak mendengar sebarang berita baik sejak dia dipenjarakan.

Pensó que el negocio había llevado a la quiebra a su padre.
Dia menyangka perniagaan itu telah memufliskan bapanya.

El padre seguramente le había dado esa impresión a Gregor.
Bapanya sememangnya telah memberi Gregor tanggapan itu.

Y Gregor nunca le preguntó más sobre las finanzas.
Dan Gregor tidak pernah bertanya kepadanya lebih lanjut tentang kewangan.

Gregor quería hacer todo lo posible para ayudar a la familia.
Gregor mahu melakukan segala yang termampu untuk membantu keluarga itu.

Quería ayudarlos a olvidar la desgracia empresarial.
Dia mahu membantu mereka melupakan kemalangan perniagaan itu.

La quiebra que provocó la desesperanza más completa.
Kebankrapan yang membawa kepada keputusasaan sepenuhnya.

Así que empezó a trabajar con una pasión muy especial.

jadi dia mula bekerja dengan semangat yang sangat istimewa.

Se había convertido en un vendedor ambulante casi de la noche a la mañana.

Dia telah menjadi jurujual keliling hampir dalam sekelip mata.

Antes de eso, sólo había trabajado como empleado con un salario bajo.

Sebelum itu dia hanya bekerja sebagai kerani bergaji rendah.

Ahora tenía oportunidades de ingresos completamente diferentes.

Kini dia mempunyai peluang pendapatan yang sama sekali berbeza.

Las ventas exitosas podrían convertirse inmediatamente en efectivo.

Jualan yang berjaya boleh ditukar kepada tunai serta-merta.

El dinero en efectivo, por supuesto, se paga con sus comisiones.

Wang tunai itu sudah tentu dibayar daripada komisennya.

Ahora Gregor podía poner dinero en la mesa familiar.

Kini Gregor dapat menyediakan wang untuk keluarga.

Y estaban asombrados y contentos con sus ganancias.

Dan mereka kagum dan gembira dengan pendapatannya.

Pero esos tiempos hermosos no se repetirán nuevamente.

Namun saat-saat indah itu tidak akan berulang lagi.

Apenas se habían acostumbrado a esos buenos tiempos.

Mereka baru sahaja membiasakan diri dengan masa-masa indah ini.

Cada día de pago la familia aceptaba el dinero con gratitud.

Setiap hari gaji, keluarga itu menerima wang itu dengan penuh rasa terima kasih.

Y Gregor estaba igualmente feliz de entregar el dinero.

Dan Gregor juga gembira untuk menyerahkan wang itu.

Pero el cálido afecto que recibía a cambio fue muriendo lentamente.

Namun kasih sayang yang diberikan sebagai balasan perlahan-lahan mati.

Sólo su hermana permaneció tan cerca de Gregor como antes.

Hanya kakaknya sahaja yang kekal rapat dengan Gregor seperti sebelumnya.
Ella, a diferencia de Gregor, tenía un profundo aprecio por la música.
Dia, tidak seperti Gregor, mempunyai penghargaan yang mendalam terhadap muzik.
Y ella sabía tocar el violín de una manera muy conmovedora.
Dan dia tahu cara bermain biola dengan sangat menyentuh hati.
Gregor planeó en secreto enviarla a la escuela de música.
Gregor secara rahsia merancang untuk menghantarnya ke sekolah muzik.
Aún no había decidido cómo pagaría los gastos.
Dia masih belum memutuskan bagaimana dia akan membayar perbelanjaan tersebut.
Pero de una forma u otra cubriría los costos.
Tetapi dengan cara tertentu dia akan menanggung kosnya.
De vez en cuando Gregor y su familia hacían pequeños viajes.
Kadang-kadang Gregor dan keluarganya pergi melancong sambil menikmati pemandangan.
Gregor y su hermana abordaron este tema con frecuencia.
Gregor dan kakaknya sering membangkitkan topik itu.
Pero sólo se mencionó como una idea maravillosa.
Tetapi ia hanya disebut sebagai idea yang bernas.
Realmente no creían que el sueño pudiera realizarse.
Mereka tidak benar-benar percaya bahawa impian itu boleh direalisasikan.
Y a los padres no les gustaban esas ambiciones fantasiosas.
Dan ibu bapa tidak menyukai cita-cita yang begitu mewah.
Incluso cuando el tema se planteó de manera muy inocente.
Walaupun topik itu dibangkitkan secara tidak sengaja.
Pero Gregor seguía pensando en la escuela de música.
Tetapi Gregor terus memikirkan tentang sekolah muzik.
Y tenía pensado anunciar el regalo en Nochebuena.
Dan dia merancang untuk mengumumkan hadiah itu pada Malam Krismas.

Por supuesto, en su estado actual sería imposible.
Sudah tentu dalam keadaannya sekarang, ia mustahil.
Pero ese tipo de pensamientos pasaban por su cabeza.
Tetapi fikiran seperti itu bermain di kepalanya.
Y tenía estos pensamientos mientras escuchaba a la familia.
Dan dia mempunyai fikiran sedemikian semasa dia
mendengar keluarga itu.
A veces se cansaba demasiado para seguir escuchándolos.
Kadang-kadang dia menjadi terlalu letih untuk terus
mendengar mereka.
Su cabeza cayó contra la puerta por el cansancio.
Kepalanya terhantuk ke pintu kerana keletihan.
**Pero inmediatamente volvió a apoyar la cabeza contra la
puerta.**
Namun dia segera menyandarkan kepalanya ke pintu semula.
Porque incluso el ruido más leve se podía oír afuera.
Kerana bunyi bising yang paling kecil pun boleh kedengaran
di luar.
**Y cualquier ruido que hacía hacía que la familia se quedara
en silencio.**
Dan sebarang bunyi bising yang dibuatnya akan membuatkan
keluarga itu terdiam.
"¿Qué está haciendo ahora?" preguntó el padre a la familia.
"Apa yang dia sedang lakukan sekarang?" tanya bapa itu
kepada keluarganya.
Y fue a la puerta para comprobar qué era aquel ruido.
Dan dia pergi ke pintu untuk memeriksa bunyi apa itu.
**Y luego la conversación interrumpida se reanudó
gradualmente.**
Dan kemudian perbualan yang terganggu itu bersambung
semula secara beransur-ansur.
Pero lo que dijo el padre sorprendió positivamente a todos.
Tetapi apa yang dikatakan oleh bapa itu mengejutkan semua
orang.
Gregor ahora conoció la verdadera situación de las finanzas.
Gregor kini mengetahui kedudukan kewangan yang sebenar.
A pesar de todas las desgracias, hubo algo de buena suerte.

Walaupun terdapat pelbagai musibah, namun ada sedikit keberuntungan.

Aún quedaba allí una muy pequeña fortuna de los viejos tiempos.

Sedikit kekayaan dari zaman dahulu masih ada di sana.

El padre explicó las cosas, pero tuvo que repetirlas.

Si bapa menjelaskan beberapa perkara, tetapi terpaksa mengulanginya.

Porque hacía tiempo que no se ocupaba de estas cosas.

Kerana dia sudah lama tidak berurusan dengan perkara-perkara ini.

Y porque la madre no entendía tales cosas.

Dan kerana ibu itu tidak memahami perkara-perkara seperti itu.

Los tipos de interés del banco habían subido un poco.

Kadar faedah daripada bank telah meningkat sedikit.

El dinero intacto había aumentado más de lo esperado.

Wang yang tidak disentuh telah meningkat lebih daripada yang dijangkakan.

Además Gregor siempre les había dado sus ahorros.

Di samping itu, Gregor sentiasa memberikan mereka wang simpanannya.

Sólo había conservado unos pocos florines para sí.

Dia hanya menyimpan beberapa gulden untuk dirinya sendiri.

Y su dinero aún no se había agotado por completo.

Dan wangnya juga belum habis digunakan sepenuhnya.

En conjunto, este dinero se había acumulado hasta formar un pequeño capital.

Secara keseluruhannya, wang ini telah terkumpul menjadi modal yang kecil.

Gregor, detrás de su puerta, asintió con entusiasmo ante la noticia.

Gregor, di sebalik pintunya, mengangguk dengan penuh semangat mendengar berita itu.

Le agradó esta inesperada cautela y frugalidad.

Dia gembira dengan sikap berhati-hati dan berjimat cermat yang tidak dijangka ini.

Los fondos sobrantes podrían haberse utilizado para pagar la deuda.

Dana lebihan itu boleh digunakan untuk membayar hutang tersebut.

Entonces ya no le deberían nada al patrón.

Kalau begitu mereka tidak akan berhutang apa-apa lagi kepada bos.

Y Gregor podría haber cambiado de trabajo mucho antes.

Dan Gregor boleh berpindah ke pekerjaan baharu lebih awal.

Pero ahora la manera como el padre lo dispuso estaba mucho mejor.

Tetapi cara ayahnya mengaturnya jauh lebih baik sekarang.

El dinero no era suficiente para vivir de los intereses.

Wang itu tidak cukup untuk hidup dengan faedah tersebut.

Y había que reservar algo de dinero para emergencias.

Dan sebahagian wang terpaksa diketepikan untuk kecemasan.

Sólo habría sido suficiente dinero para uno o dos años.

Wang itu hanya cukup untuk setahun atau dua tahun sahaja.

Esto significaba que alguien tenía que ganar dinero para que pudieran vivir.

Ini bermakna seseorang perlu mencari wang untuk mereka terus hidup.

El padre no estaba enfermo y era bastante fuerte.

Bapanya tidak sakit, dan dia cukup kuat.

Pero llevaba más de cinco años sin trabajo.

Tetapi dia telah menganggur selama lebih daripada lima tahun.

Y, debido a su edad, le quedaba poca confianza en sí mismo.

Dan, disebabkan usianya, dia mempunyai sedikit keyakinan diri yang tinggal.

También había engordado mucho en los últimos tiempos.

Berat badannya juga telah bertambah banyak sejak kebelakangan ini.

Su vida siempre había sido ardua y sin éxito.

Hidupnya sentiasa sukar dan tidak berjaya.

Y éstas habían sido las primeras vacaciones que había tenido.

Dan ini merupakan percutian pertama yang pernah dia alami.

Y sin estar ocupado se había vuelto bastante torpe.

Dan tanpa disibukkan, dia telah menjadi agak kekok.

¿Sería mejor si la anciana madre ganara el dinero?

Adakah lebih baik jika ibu tua itu yang mendapatkan wang itu?

La anciana madre que sufría de asma.

Ibu tua yang menghidap asma.

La anciana madre que luchaba por subir las escaleras.

Ibu tua yang bersusah payah menaiki tangga.

La anciana madre que pasaba el tiempo tumbada en el sofá.

Ibu tua yang menghabiskan masanya berbaring di sofa.

La anciana madre que prefería quedarse junto a la ventana.

Ibu tua yang lebih suka duduk di tepi tingkap.

Para poder recuperar el aliento cuando lo necesitara.

Supaya dia dapat menarik nafas apabila perlu.

¿Sería mejor si la hermana joven ganara el dinero?

Adakah lebih baik jika adik perempuan itu yang berusaha mendapatkan wang itu?

La hermana, que a sus diecisiete años era todavía apenas una niña.

Kakak itu, yang pada usia tujuh belas tahun, masih kecil.

La hermana que sólo tuvo unos pocos placeres modestos.

Kakak yang hanya mempunyai sedikit keseronokan sederhana.

La hermana a quien le gustaba principalmente tocar el violín.

Kakak yang paling gemar bermain biola.

Ella sabía que su anterior forma de vida era muy envidiable;

Dia tahu bahawa cara hidupnya dahulu sangat dicemburui;

Vestirse bien, levantarse tarde, ayudar en la casa.

Berpakaian cantik, bangun lewat, membantu di rumah.

La conversación a menudo giraba en torno a la necesidad de ganar dinero.

Perbualan sering beralih kepada keperluan untuk
mendapatkan wang.
Gregor siempre era el primero en soltar la puerta.
Gregor sentiasa orang pertama yang membuka pintu.
La conversación lo puso caliente de vergüenza y dolor.
Perbualan itu membuatnya panas hati kerana malu dan
bersedih.
Entonces se dejó caer en el refrescante sofá de cuero.
Jadi dia menghempaskan dirinya ke atas sofa kulit yang
menyejukkan itu.
Y a menudo pasaba el resto de la noche en el sofá.
Dan dia sering menghabiskan sisa malam itu di sofa.
Nunca durmió realmente en el sofá, ni tampoco por la noche.
Dia tidak pernah tidur di sofa, mahupun pada waktu malam.
**A menudo, simplemente se quedaba rascando el cuero
durante horas y horas.**
Selalunya dia hanya menggaru kulit itu selama berjam-jam.
Otras veces empujaba el sillón hacia la ventana.
Pada masa lain dia menolak kerusi berlengan ke tingkap.
Esto solo requirió un gran esfuerzo de su parte.
Ini sahaja memerlukan banyak usaha daripada pihaknya.
El sillón le ayudó a subirse al alféizar de la ventana.
Kerusi berlengan itu membantunya merangkak ke ambang
tingkap.
Y desde allí pudo apoyarse en la ventana.
Dan dari situ dia dapat bersandar pada tingkap.
Solía sentir una gran sensación de libertad al hacer esto.
Dia pernah merasakan kebebasan yang besar ketika
melakukan ini.
Quizás estaba buscando algún viejo sentimiento liberador.
Mungkin dia sedang mencari perasaan lama yang
membebaskan.
Pero su visión no era tan nítida como solía ser.
Tetapi penglihatannya tidak setajam dulu.
Las cosas a cierta distancia se veían borrosas e indistintas.
Benda-benda dari jarak yang sedikit kabur dan tidak jelas.
Ya no podía ver el hospital al otro lado de la calle.

Dia tidak dapat lagi melihat hospital di seberang jalan.
Antes había maldecido la vista, ahora quería verla.
Sebelum dia menyumpah seranah pemandangan itu, kini dia
mahu melihatnya.
Sabía que vivía en la tranquila y urbana Charlottenstrasse.
Dia tahu dia tinggal di Charlottenstrasse yang tenang dan
bandar.
Pero podría haber pensado que estaba mirando el desierto.
Tetapi dia mungkin sangkakan dia sedang mencari ke dalam
padang pasir.
Un páramo donde el cielo gris y la tierra gris se fusionaban.
Tanah tandus di mana langit kelabu dan bumi kelabu
bergabung.
**La atenta hermana notó dos veces que la silla se había
movido.**
Dua kali kakak yang prihatin itu perasan kerusi itu telah
bergerak.
Después de ordenar, empujó la silla hacia la ventana.
Selepas mengemas, dia menolak kerusi itu kembali ke
tingkap.
Y a partir de ahora incluso dejó la ventana abierta.
Dan mulai sekarang dia membiarkan selak tingkap terbuka.
**Gregor realmente hubiera deseado poder hablar con su
hermana.**
Gregor benar-benar berharap dia dapat bercakap dengan
kakaknya.
Quería agradecerle por todo lo que hizo por él.
Dia ingin mengucapkan terima kasih atas semua yang telah
dilakukannya untuknya.
Entonces habría tolerado más fácilmente sus servicios.
Kalau begitu dia akan lebih mudah menerima layanan
mereka.
Pero tal como estaban las cosas, él sufrió por su ayuda.
Tetapi bagaimana keadaannya, dia menderita kerana wanita
itu membantunya.
La hermana, por supuesto, intentó disimular la vergüenza.
Kakak itu, sudah tentu, cuba mengaburkan rasa malunya.

Y ella hizo todo lo posible para fingir que no se sentía agobiada.

Dan dia sedaya upaya berpura-pura tidak rasa terbeban.

Por supuesto, esto es algo que tenía que practicar primero.

Sudah tentu ini sesuatu yang perlu dia praktikkan terlebih dahulu.

Y cuanto más tiempo pasaba, mejor lo hacía.

Dan semakin banyak masa berlalu, semakin baik dia melakukannya.

Pero a Gregor también se le dio más tiempo para ver su pretensión.

Tetapi Gregor juga diberi lebih banyak masa untuk melihat kepura-puraannya.

Incluso su entrada a su habitación fue una prueba para él.

Malah kemasukan wanita itu ke dalam biliknya juga satu dugaan baginya.

Tan pronto como entró, corrió directamente a la ventana.

Sebaik sahaja dia masuk, dia terus berlari ke arah tingkap.

Ni siquiera se tomó el tiempo de cerrar la puerta.

Dia langsung tidak meluangkan masa untuk menutup pintu.

Normalmente ella evitaba que todos vieran la habitación de Gregor.

Biasanya dia tidak akan membiarkan semua orang melihat bilik Gregor.

Y abrió la ventana de golpe con manos apresuradas.

Dan dia menarik tingkap itu dengan tangan yang tergesa-gesa.

Luego volvió a respirar como si se estuviera asfixiando.

Kemudian dia menarik nafas lagi seolah-olah dia sedang sesak nafas.

El aire que entraba era frío y ella respiraba profundamente.

Udara yang masuk terasa sejuk, dan dia menarik nafas dalam-dalam.

Pero aún así se quedó junto a la ventana por un rato.

Namun begitu, dia tetap berada di tepi tingkap untuk seketika.

Con esta rutina asustaba a Gregor dos veces al día.

Dia menakutkan Gregor dua kali sehari dengan rutin ini.

Mientras ella estaba en la habitación él temblaba debajo del sofá.

Semasa dia berada di dalam bilik, dia menggigil di bawah sofa.

Él sabía que a ella le habría gustado ahorrarle esa terrible experiencia.

Dia tahu wanita itu ingin menyelamatkannya daripada dugaan itu.

Pero ella no podía estar en la habitación con la ventana cerrada.

Tetapi dia tidak boleh berada di dalam bilik yang tingkapnya tertutup.

Hubo una ocasión en que ella llegó un poco antes.

Ada satu ketika dia datang lebih awal sedikit.

Probablemente alrededor de un mes después de la transformación de Gregor.

Mungkin kira-kira sebulan selepas transformasi Gregor.

Ella se había acostumbrado un poco a su nueva apariencia.

Dia agak sudah biasa dengan penampilan baharu lelaki itu.

Así que ya no tenía por qué estar particularmente sorprendida.

Jadi dia tidak mempunyai sebab untuk berasa terlalu terkejut lagi.

Ella lo encontró todavía mirando por la ventana, inmóvil.

Dia mendapati lelaki itu masih merenung ke luar tingkap, tidak bergerak.

Estaba en el lugar más horrible en el que podría haber estado.

Dia berada di tempat paling mengerikan yang pernah dia alami.

No le habría sorprendido si ella no hubiera entrado.

Dia tidak akan terkejut jika wanita itu tidak masuk.

Donde le impidió abrir la ventana.

Di mana dia berada menghalangnya daripada membuka tingkap.

Ella salió rápidamente de la habitación y cerró la puerta.

Dia cepat-cepat keluar dari bilik itu semula, lalu menutup pintu.

Un extraño podría haber llegado a todo tipo de conclusiones.
Orang yang tidak dikenali boleh membuat pelbagai kesimpulan.

Quizás sólo estaba esperando la oportunidad de morderla.
Mungkin dia hanya menunggu peluang untuk menggigitnya.

Gregor, por supuesto, se escondió inmediatamente debajo del sofá.
Gregor, sudah tentu, segera bersembunyi di bawah sofa.

Pero tuvo que esperar hasta el mediodía para que su hermana regresara.
Tetapi dia terpaksa menunggu sehingga tengah hari untuk kakaknya pulang.

Y ella parecía mucho más inquieta que de costumbre.
Dan dia kelihatan jauh lebih resah daripada biasanya.

Se dio cuenta de que verlo todavía era insoportable.
Dia sedar bahawa pemandangan itu masih tidak tertanggung.

Verlo seguiría siendo insoportable para ella.
Melihat lelaki itu akan kekal tidak tertanggung baginya.

Probablemente no podría soportar ver ninguna parte de él.
Dia mungkin tidak sanggup melihat mana-mana bahagian badannya.

Siempre sobresalía una pequeña parte de debajo del sofá.
Sebahagian kecil sentiasa terkeluar dari bawah sofa.

Un día llevó una sábana sobre su espalda hasta el sofá.
Pada suatu hari dia membawa cadar di belakangnya ke sofa.

Quería evitar que ella viera cualquier parte de él.
Dia mahu wanita itu tidak melihat mana-mana bahagian dirinya.

Él dispuso la sábana de tal manera que todo él quedara oculto.
Dia menyusun cadar supaya seluruh tubuhnya tersembunyi.

Incluso si se agachara no podría verlo.
Walaupun dia membongkok, dia tidak akan dapat melihatnya.

Todo el esfuerzo le llevó a Gregor más de tres horas.

Seluruh usaha itu mengambil masa lebih daripada tiga jam bagi Gregor.

Quizás pensó que la sábana era innecesaria.
Dia mungkin beranggapan cadar itu tidak diperlukan.
Ella habría sabido que él no quería la sábana.
Dia pasti tahu bahawa lelaki itu tidak mahu cadar itu.
Lo hacía para su comodidad, no para la suya propia.
Dia melakukannya untuk keselesaan wanita itu, bukan untuk dirinya sendiri.
Y podría haber quitado la sábana si hubiera querido.
Dan dia boleh sahaja menanggalkan cadar katil itu jika dia mahu.
Pero dejó la sábana donde Gregor la había puesto.
Tetapi dia meninggalkan cadar di tempat Gregor meletakkannya.
Y Gregor incluso creyó haber captado una mirada de agradecimiento.
Dan Gregor juga menyangka dia telah menangkap pandangan penuh rasa terima kasih.
Había levantado suavemente la sábana con la cabeza.
Dia mengangkat cadar katil dengan lembut menggunakan kepalanya.
Quería ver si a su hermana le gustaba el arreglo.
Dia ingin tahu sama ada kakaknya menyukai susunan itu.

Las dos primeras semanas fueron las más difíciles para los padres.
Dua minggu pertama adalah yang paling sukar bagi ibu bapa.
No pudieron animarse a entrar y verlo.
Mereka tidak sanggup masuk dan melihatnya.
Escuchó muchas de sus conversaciones en ese momento.
Dia terdengar banyak perbualan mereka pada masa ini.
Reconocieron plenamente todo lo que hacía la hermana.
Mereka sepenuhnya mengakui semua yang dilakukan oleh kakak itu.
Aunque solían estar molestos con ella a menudo.
Walaupun dulu mereka sering berasa jengkel dengannya.

Porque ella parecía ser una chica un tanto inútil.
Kerana dia kelihatan seperti gadis yang agak tidak berguna.
Ahora eran ellos quienes esperaban al otro lado de la habitación.
Kini merekalah yang menunggu di seberang bilik.
Y fue ella quien entró en la habitación a hacer todo.
Dan dialah yang masuk ke dalam bilik untuk melakukan semuanya.
Tan pronto como salió quisieron saberlo todo.
Sebaik sahaja dia keluar, mereka ingin tahu semuanya.
Tenía que decirles exactamente cómo era la habitación.
Dia perlu memberitahu mereka dengan tepat bagaimana rupa bilik itu.
¿Qué comió Gregor? ¿Cómo se comportó esta vez?
"Apa yang Gregor makan? Bagaimana kelakuannya kali ini?"
"¿Quizás se notó una ligera mejoría?"
"Mungkinkah terdapat sedikit peningkatan yang perlu diperhatikan?"
La madre, por cierto, fue en realidad más valiente.
Ibu itu, sebenarnya, lebih berani.
Y por supuesto, era su propio hijo el que estaba dentro de la habitación.
Dan sudah tentu anaknya sendiri yang berada di dalam bilik itu.
En realidad quería visitar a Gregor relativamente pronto.
Dia sebenarnya mahu melawat Gregor tidak lama lagi.
Pero al principio el padre y la hermana la frenaron.
Tetapi bapa dan kakaknya pada mulanya menahannya.
Le dieron argumentos muy racionales para que no fuera.
Mereka membuat hujah-hujah yang sangat rasional agar dia tidak pergi.
Gregor escuchó con mucha atención sus razonamientos.
Gregor mendengar dengan teliti hujah mereka.
Y él aceptó el razonamiento tanto como su madre.
Dan dia menerima alasan itu sama seperti ibunya.
Pero más tarde hubo que retenerla por la fuerza.
Namun, kemudian, dia terpaksa ditahan secara paksa.

"¡Déjame entrar con Gregor, es mi desdichado hijo!"

"Biarkan saya masuk ke Gregor, dia anak saya yang malang!"

-¿No entiendes que tengo que ir a verlo?

"Awak tak faham ke saya kena pergi jumpa dia?"

Gregor también se dejó convencer por los argumentos de su madre.

Gregor juga terpujuk dengan hujah-hujah ibunya.

Quizás tenía razón: sería bueno que entrara.

Mungkin dia betul; alangkah baiknya jika dia masuk.

Venir a verlo todos los días sería demasiado.

Datang berjumpa dengannya setiap hari sudah terlalu membebankan.

Pero verlo una vez a la semana podría ser suficiente.

Tapi berjumpa dengannya mungkin sekali seminggu mungkin sudah memadai.

Ella podría entender las cosas mucho mejor que la hermana.

Dia mungkin lebih memahami sesuatu daripada kakak itu.

A pesar de todo su coraje, ella todavía era sólo una niña.

Walaupun dia mempunyai keberanian yang luar biasa, dia masih seorang kanak-kanak.

Quizás la imprudencia infantil la impulsó a aceptar esa tarea.

Mungkin kecuaian kebudak-budakan memaksanya mengambil tugas itu.

Pero el deseo de Gregor de ver a su madre pronto se hizo realidad.

Tetapi hasrat Gregor untuk bertemu ibunya tidak lama kemudian menjadi kenyataan.

Durante el día Gregor se mantenía alejado de la ventana.

Pada siang hari Gregor menjauhkan diri dari tingkap.

Lo hizo por consideración a sus padres.

Ini dilakukannya kerana bertimbang rasa terhadap ibu bapanya.

No tenía mucho espacio para arrastrarse por el suelo.

Dia tidak mempunyai banyak ruang untuk merangkak di atas lantai.

Le resultaba difícil permanecer quieto durante la noche.

Dia sukar untuk berbaring diam pada waktu malam.

Comer ya no le producía el más mínimo placer.

Makan tidak lagi memberinya sedikit pun keseronokan.

Por supuesto que tenía que encontrar alguna manera de distraerse.

Sudah tentu dia perlu mencari jalan untuk mengalihkan perhatiannya.

Para entretenerse se arrastraba por las paredes.

Untuk menghiburkan dirinya, dia merangkak naik turun dinding.

Y también se arrastró por el techo, boca abajo.

Dan dia juga merangkak di sepanjang siling, dengan bahagian atas ke bawah.

Estaba especialmente feliz cuando colgaba del techo.

Dia sangat gembira apabila dia tergantung di siling.

Fue completamente diferente a estar tendido en el suelo.

Ia sama sekali berbeza daripada berbaring di atas lantai.

Le resultó mucho más fácil respirar en esta posición.

Dia mendapati lebih mudah untuk bernafas dalam posisi ini.

Una ligera pero agradable vibración recorrió su cuerpo.

Satu getaran kecil tetapi menyenangkan menjalari tubuhnya.

A veces incluso se relajaba demasiado en su felicidad.

Kadang-kadang dia terlalu santai dengan kebahagiaannya sendiri.

A veces se distraía y se soltaba del techo.

Dia kadangkala terganggu, dan melepaskan siling.

Y para su propia sorpresa, aterrizó de nuevo en el suelo.

Dan dia sendiri terkejut apabila dia terjatuh semula ke tanah.

Pero tenía mucho mejor control de su cuerpo que antes.

Tetapi dia mempunyai kawalan badan yang jauh lebih baik berbanding sebelum ini.

Para que ahora no se haga daño con caídas tan fuertes.

Jadi dia tidak cedera akibat jatuh sebegitu besar sekarang.

La hermana notó inmediatamente el nuevo placer de Gregor.

Kakak itu serta-merta perasan keseronokan baru Gregor.

Y había restos de adhesivo donde se había arrastrado.

Dan terdapat kesan pelekat di tempat dia merangkak.

Aquí nuevamente la hermana pensó en el bienestar de Gregor.

Di sini sekali lagi saudari itu memikirkan tentang kesejahteraan Gregor.

Quizás apreciaría más espacio para gatear.

Mungkin dia lebih menghargai lebih banyak ruang untuk merangkak.

Y la idea se instaló firmemente en su cabeza.

Dan idea itu tertanam kuat di kepalanya.

Algunos de los muebles de gran tamaño impedían su libre movimiento.

Beberapa perabot besar menghalang pergerakannya yang bebas.

Ya no trabajaba así que no necesitaba el escritorio.

Dia tidak bekerja lagi, jadi dia tidak memerlukan meja itu.

Y la caja ocupaba más espacio del necesario. ***

Dan kotak itu juga mengambil lebih banyak ruang daripada yang diperlukan. ***

La hermana no era capaz de mover estas cosas sola.

Kakak itu tidak mampu menggerakkan barang-barang ini seorang diri.

Por supuesto que no se atrevió a pedirle ayuda al padre.

Sudah tentu dia tidak berani meminta bantuan daripada ayahnya.

La criada seguramente tampoco la habría ayudado.

Pembantu rumah itu pasti tidak akan membantunya juga.

La nueva criada era de hecho un año más joven que ella.

Pembantu rumah baru itu sebenarnya setahun lebih muda daripadanya.

Ella había asumido valientemente el papel de ex sirvienta.

Dia dengan beraninya menggalas peranan sebagai bekas pembantu rumah itu.

Pero había un privilegio que ella insistía en tener.

Tetapi ada satu keistimewaan yang dia berkeras untuk miliki.

Ella quería mantener la cocina cerrada en todo momento.

Dia mahu dapur itu sentiasa berkunci.

Así que la hermana no tuvo más remedio que preguntarle a su madre.
Jadi kakak itu tidak mempunyai pilihan selain bertanya kepada ibunya.
Con gritos de emocionada alegría la madre acudió a ayudar.
Dengan jeritan kegembiraan yang teruja, ibunya datang membantu.
Pero ella se quedó en silencio en la puerta de la habitación de Gregor.
Tetapi dia terdiam di pintu bilik Gregor.
La hermana comprobó que todo en la habitación estuviera bien.
Kakak itu memeriksa sama ada semuanya di dalam bilik itu baik-baik saja.
Gregor había tirado apresuradamente la sábana aún más fuerte.
Gregor dengan tergesa-gesa menarik cadar katil itu lebih ketat lagi.
Aunque la sábana todavía parecía colocada al azar.
Walaupun cadar itu masih kelihatan tersusun secara rawak.
Y sólo entonces dejó que su madre entrara en la habitación.
Dan barulah dia membenarkan ibunya masuk ke dalam bilik.
Gregor también se abstuvo de espiar desde debajo de la sábana.
Gregor juga menahan diri daripada mengintip dari bawah cadar.
Decidió no volver a ver a su madre esta vez.
Dia memutuskan untuk tidak berjumpa dengan ibunya kali ini.
Gregor estaba muy contento de que ella hubiera entrado.
Gregor cukup gembira kerana dia telah masuk.
"Pasa, no puedes verlo", dijo la hermana.
"Masuklah, awak tak nampak dia," kata kakak itu.
Gregor supuso que ella llevaba a su madre de la mano.
Gregor menganggap bahawa dia memimpin tangan ibunya.
Entonces escuchó a las dos mujeres débiles moviendo los muebles.

Kemudian dia terdengar dua wanita lemah itu mengalihkan perabot.

La hermana parecía reclamar la mayor parte del trabajo para ella misma.

Kakak itu seolah-olah menuntut sebahagian besar kerja itu untuk dirinya sendiri.

Su madre temía que se esforzara demasiado.

Ibunya takut dia akan terlalu memaksakan diri.

Pero la hermana no hizo caso a estas advertencias.

Tetapi kakak itu tidak menghiraukan amaran-amaran ini.

Pero incluso después de quince minutos el progreso era muy lento.

Tetapi walaupun selepas lima belas minit, kemajuan masih sangat perlahan.

No habían conseguido mover los muebles muy lejos.

Mereka tidak sempat memindahkan perabot itu terlalu jauh.

Poco a poco empezaron a sentir una sensación de derrota.

Perlahan-lahan mereka mula merasai kekalahan.

La madre fue la primera en admitir la inutilidad.

Ibu itu adalah orang pertama yang mengakui kesia-siaan itu.

"Quizás sería mejor dejar la caja aquí."

"Mungkin lebih baik tinggalkan kotak itu di sini."

"La caja es demasiado pesada para que podamos moverla mucho más lejos".

"Kotak itu terlalu berat untuk kita bergerak lebih jauh."

"Y no terminaremos antes de que llegue tu padre."

"Dan kita takkan habis sebelum ayah kau sampai."

Dejar la caja aquí le bloquearía aún más el camino.

"Meninggalkan kotak itu di sini akan lebih menghalang jalannya.

"¿Y podemos estar seguros de que le estamos haciendo un favor?"

"Dan bolehkah kita pasti bahawa kita sedang melakukan sesuatu yang baik untuknya?"

Comenzaron a pensar que bien podría ser cierto lo opuesto.

Mereka mula berfikir bahawa sebaliknya mungkin benar.

La visión de la pared vacía pesó mucho en su corazón.

Melihat dinding yang kosong itu terasa begitu berat di hatinya.

¿Quién diría que Gregor no se sentiría así también?

Apa maksudnya Gregor juga tidak akan berasa seperti ini?

"Ya está acostumbrado a los muebles de su habitación."

"Dia sudah biasa dengan perabot di biliknya."

"Podría sentirse aún más abandonado en una habitación vacía".

"Dia mungkin rasa lebih terbiar di dalam bilik kosong."

Para entonces su voz se había reducido casi a un susurro.

Sekarang suaranya hampir merendah menjadi bisikan.

En realidad no sabía el paradero exacto de Gregor.

Dia sebenarnya tidak tahu di mana sebenarnya Gregor berada.

Ella no quería ni siquiera que él escuchara el sonido de su voz.

Dia tidak mahu lelaki itu mendengar suaranya walaupun sekelumit.

Aunque ella estaba segura de que él no la entendía.

Walaupun dia yakin lelaki itu tidak memahaminya.

"¿No parecería como si lo hubiéramos abandonado por completo?"

"Bukankah kita nampak seperti sudah berputus asa sepenuhnya terhadapnya?"

"¿No sentirá que lo estamos dejando solo?"

"Tidakkah dia rasa seperti kita membiarkan dia menghadapinya sendirian?"

"Deberíamos dejar la habitación exactamente como estaba".

"Kita patut tinggalkan bilik ini seperti sedia kala."

"Al final Gregor volverá con nosotros como antes."

"Akhirnya Gregor akan kembali kepada kita seperti sedia kala."

"Entonces encontrará que todo sigue en su lugar."

"Kemudian dia akan mendapati semuanya masih di tempatnya."

"Y olvidará mucho más fácilmente el período interino".

"Dan dia akan melupakan tempoh sementara dengan lebih mudah."

Cuando Gregor escuchó estas palabras se dio cuenta de algo.
Apabila Gregor mendengar kata-kata ini, dia tersedar sesuatu.
Su mente se había vuelto confusa durante los últimos dos meses.
Fikirannya menjadi kucar-kacir sejak dua bulan kebelakangan ini.
La falta de interacción humana no había sido buena para él.
Kekurangan interaksi manusia tidak baik untuknya.
Realmente necesitaba la vida monótona en medio de su familia.
Dia benar-benar memerlukan kehidupan yang membosankan di tengah-tengah keluarganya.
¿Por qué si no habría hecho una exigencia tan absurda?
Apatah lagi dia membuat tuntutan yang tidak masuk akal itu?
¿Qué sentido tenía vaciar su habitación?
Apa gunanya mengosongkan biliknya?
La cómoda habitación amueblada con muebles heredados.
Bilik yang selesa dilengkapi dengan perabot pusaka.
¿Por qué querría convertir ese calor conocido en una cueva?
Mengapa dia mahu menukar kehangatan yang diketahui ini menjadi sebuah gua?
Una cueva donde poder arrastrarse en todas direcciones en paz.
Sebuah gua di mana dia boleh merangkak ke semua arah dengan tenang.
Pero una cueva en la que olvidó rápidamente su pasado humano.
Tetapi sebuah gua di mana dia cepat melupakan masa lalu manusianya.
Tuvo que preguntarse si ya estaba cerca de olvidar.
Dia tertanya-tanya adakah dia sudah hampir lupa.
La voz de su madre lo había sacudido y lo había hecho recordar.
Suara ibunya telah mengejutkannya untuk mengingatinya.
La voz que no había oído durante tanto tiempo.
Suara yang sudah lama tidak didengarinya.
No había que quitar nada, todo tenía que quedar.

Tiada apa yang perlu dibuang; semuanya perlu kekal.
Los muebles influyeron positivamente en su condición.
Perabot itu memberi kesan positif kepada keadaannya.
Y no podría vivir sin este ancla en el pasado.
Dan dia tidak dapat bertahan tanpa sauh ke masa lalu ini.
Los muebles impedían que se arrastrara sin sentido.
Perabot itu menghalangnya daripada merangkak tanpa akal.
Pero eso no fue una pérdida, sino más bien una gran ventaja.
Tetapi itu bukanlah kerugian; sebaliknya, ia adalah satu
kelebihan yang besar.
**Lamentablemente la hermana tenía una opinión muy
diferente.**
Malangnya, kakak itu mempunyai pendapat yang sangat
berbeza.
**Ella se había convertido en una especie de portavoz de
Gregor.**
Dia telah menjadi jurucakap Gregor.
Por supuesto que su opinión no era del todo injustificada.
Sudah tentu pendapatnya tidak sepenuhnya tidak berasas.
Pero aquí la opinión de su madre tuvo que ser contradicha.
Tetapi pendapat ibunya terpaksa dibantah di sini.
Ahora no era solo la caja la que había que retirar.
Bukan kotak itu sahaja yang perlu dikeluarkan.
Ni su escritorio ni el armario podían permanecer allí.
Meja dan almari pakaiannya juga tidak boleh dibiarkan begitu
sahaja.
Lo único imprescindible era el sofá.
Satu-satunya perkara yang sangat diperlukan ialah sofa.
Ella no decidió esto sólo por desafío infantil.
Dia tidak memutuskan perkara ini hanya kerana
pembangkangan kebudak-budakan.
**Tampoco fue su recientemente adquirida confianza en sí
misma.**
Ia juga bukan keyakinan dirinya yang baru diperolehnya.
**La nueva confianza que tuvo que trabajar muy duro para
ganar.**

Keyakinan baharu yang dia perlu lakukan adalah bekerja keras untuk menang.

Aunque nadie esperaba que ella pudiera hacerlo.

Walaupun tiada siapa yang menjangkakan dia mampu melakukannya.

Gregor realmente necesitaba mucho espacio para gatear.

Gregor benar-benar memerlukan banyak ruang untuk merangkak.

Los muebles sólo limitaban el espacio del que disponía.

Perabot itu hanya mengehadkan ruang yang dia ada.

Ella podía ver estas cosas mejor que la madre.

Dia dapat melihat perkara-perkara ini dengan lebih baik daripada ibunya.

Pero quizá su espíritu romántico también jugó un papel.

Tetapi mungkin semangat romantiknya juga memainkan peranan.

Las niñas de esa edad suelen desarrollar cierto entusiasmo.

Gadis-gadis pada usia itu sering mendapat semangat tertentu.

Y sienten la necesidad de salirse con la suya siempre que pueden.

Dan mereka rasa perlu mendapatkan apa yang mereka inginkan bila-bila masa yang mereka boleh.

Quizás por eso quería sabotearlo en secreto.

Mungkin inilah sebabnya dia mahu mensabotajnya secara rahsia.

Es aún más aterrador cuando se arrastra por las paredes.

Dia lebih menakutkan apabila dia merangkak di dinding.

Los padres ya no se atrevían a entrar en la habitación.

Ibu bapa itu tidak berani lagi memasuki bilik itu.

Ella realmente sería la única cuidadora de su hermano.

Dia benar-benar akan menjadi satu-satunya penjaga abangnya.

Ella no dejó que su madre la persuadiera de lo contrario.

Dia tidak membiarkan ibunya memujuknya sebaliknya.

La madre de Gregor ya se sentía incómoda en la habitación.

Ibu Gregor sudah berasa tidak selesa di dalam bilik itu.

Pronto dejó de hablar y ayudó nuevamente a su hija.

Dia tidak lama kemudian berhenti bercakap dan membantu anak perempuannya sekali lagi.

Con las fuerzas que les quedaban retiraron el armario.
Dengan baki kekuatan mereka, mereka menanggalkan almari pakaian itu.

La cómoda era algo de lo que podía prescindir.
Almari berlaci itu sesuatu yang dia boleh tinggalkan.

Pero el escritorio tendría que quedarse allí por el momento.
Tetapi meja itu terpaksa dikekalkan buat masa ini.

Mientras las mujeres estaban ausentes, trató de evaluar la habitación.
Semasa wanita-wanita itu tiada, dia cuba menilai keadaan bilik itu.

Y Gregor asomó la cabeza por debajo del sofá.
Dan Gregor menjulurkan kepalanya keluar dari bawah sofa.

Tenía que ver qué podía hacer con la situación.
Dia perlu melihat apa yang boleh dilakukannya mengenai situasi itu.

Pero fue lo más cuidadoso y considerado posible.
Tetapi dia berhati-hati dan bertimbang rasa sebaik mungkin.

Desgraciadamente fue la madre quien regresó primero.
Malangnya, ibunya yang pulang dahulu.

Grete todavía estaba moviendo el armario en la habitación de al lado.
Grete masih mengalihkan almari pakaian di bilik sebelah.

Pero la madre no estaba acostumbrada a ver a Gregor.
Tetapi ibunya tidak biasa melihat Gregor.

Incluso un simple vistazo a él podría haberla enfermado.
Melihat lelaki itu sekilas pun sudah boleh membuatnya sakit.

Gregor se apresuró a retroceder hasta el otro extremo del sofá.
Gregor bergegas ke belakang ke hujung sofa.

Pero no podía retroceder y equilibrar la sábana.
Tetapi dia tidak dapat berundur dan mengimbangi cadar itu.

El movimiento fue suficiente para llamar la atención de la madre.
Pergerakan itu sudah cukup untuk menarik perhatian ibu itu.

Ella hizo una pausa y se quedó muy quieta por un breve momento.

Dia berhenti seketika, dan berdiri tegak seketika.

Luego se dio la vuelta y salió de la habitación.

Kemudian dia berpaling, dan keluar semula dari bilik.

Gregor seguía diciéndose a sí mismo que no había ocurrido nada inusual.

Gregor asyik memberitahu dirinya sendiri bahawa tiada apa yang luar biasa berlaku.

"Son sólo algunos muebles que se han llevado".

"Ia hanyalah beberapa perabot yang telah diambil."

Pero pronto tuvo que admitir que los acontecimientos le afectaron.

Tetapi dia terpaksa mengakui bahawa peristiwa itu telah memberi kesan kepadanya.

Las mujeres habían estado diciendo todo lo que estaban haciendo.

Wanita-wanita itu telah mengatakan semua yang mereka lakukan.

Habían estado caminando de un lado a otro por la habitación.

Mereka berjalan mundar-mandir di dalam bilik itu.

El rayado de todos los muebles en el suelo.

Calar-calar semua perabot di atas lantai.

Se sentía como si lo atacaran desde todos lados.

Dia rasa seperti diserang dari semua pihak.

Apretó la cabeza y las piernas lo más fuerte que pudo.

Dia menarik kepala dan kakinya sekuat yang dia boleh.

Con todas sus fuerzas presionó su cuerpo contra el suelo.

Dengan sekuat tenaga dia menekan badannya ke tanah.

Sabía que no podría soportar todo esto por mucho más tiempo.

Dia tahu dia tidak mampu menanggung semua ini lebih lama lagi.

Vaciaron su habitación y se llevaron todo lo que amaba.

Mereka mengosongkan biliknya dan mengambil semua yang dia sayangi.

Ya se habían llevado la caja que contenía todas sus herramientas.

Mereka sudah mengambil kotak yang berisi semua peralatannya.

Ahora estaban aflojando su pesado escritorio del suelo.

Kini mereka sedang melonggarkan mejanya yang berat dari tanah.

El escritorio en el que había trabajado después de regresar del trabajo.

Meja yang dia gunakan untuk bekerja selepas pulang dari kerja.

El escritorio en el que había escrito sus tareas comerciales.

Meja tempat dia menulis tugasan perniagaannya.

El escritorio en el que había hecho sus deberes en la escuela secundaria.

Meja tempat dia membuat kerja rumahnya semasa sekolah menengah.

Sí, ya había tenido este pupitre en la escuela primaria.

Ya, dia sudah mempunyai meja ini semasa di sekolah rendah.

Realmente no tuvo tiempo de confirmar sus buenas intenciones.

Dia benar-benar tidak mempunyai masa untuk mengesahkan niat baik mereka.

Aunque ya casi había olvidado que estaban allí.

Walaupun dia hampir terlupa bahawa mereka masih ada di sana.

Porque trabajaban en silencio, por el cansancio.

Kerana mereka bekerja dengan senyap, akibat keletihan.

Estaban demasiado cansados para anunciar sus movimientos ahora.

Mereka terlalu letih untuk mengumumkan pergerakan mereka sekarang.

Lo único que oyó fueron sus pesados pasos en el suelo.

Yang dia dengar hanyalah derapan kaki berat mereka di atas lantai.

Justo en ese momento estaban apoyados sobre la caja.

Tepat pada saat itu mereka sedang bersandar pada kotak itu.

Y entonces Gregor salió de debajo del sofá.
Dan ketika itulah Gregor keluar dari bawah sofa.
Cambió la dirección en la que corría cuatro veces.
Dia telah menukar arah lariannya sebanyak empat kali.
No podía decidir qué elemento debía salvarse primero.
Dia tidak dapat memutuskan barang mana yang perlu
disimpan dahulu.
De repente su atención se dirigió a la pared vacía.
Tiba-tiba perhatiannya tertumpu pada dinding yang kosong
itu.
**Lo único que le quedó fue la fotografía de la dama con
pieles.**
Apa yang mereka tinggalkan hanyalah gambar wanita
berpakaian bulu itu.
**Se arrastró hasta la imagen para presionar su cuerpo contra
el de ella.**
Dia merangkak ke arah gambar itu untuk menekan badannya
padanya.
Y su cuerpo cubrió completamente la vista de la imagen.
Dan tubuhnya menutupi sepenuhnya pemandangan gambar
itu.
El vaso lo sostuvo y reconfortó su vientre caliente.
Gelas itu menahannya, dan menenangkan perutnya yang
panas.
Esta fotografía ya no se la pudieron quitar.
Gambar ini tidak dapat diambil daripadanya lagi.
Luego giró la cabeza hacia la puerta de la sala de estar.
Kemudian dia memusingkan kepalanya ke arah pintu ruang
tamu.
**Iba a observar mientras las mujeres regresaban a la
habitación.**
Dia hendak memerhatikan wanita-wanita itu kembali ke bilik.
Y no descansaron mucho antes de regresar nuevamente.
Dan mereka tidak berehat lama sebelum mereka kembali lagi.
**El brazo de Grete rodeaba a su madre para ayudarla a
caminar.**

Lengan Grete merangkul ibunya untuk membantunya
berjalan.

"¿Qué nos llevamos ahora?" dijo Grete y miró a su alrededor.

"Apa yang perlu kita ambil sekarang?" kata Grete lalu
memandang sekeliling.

**Justo en ese momento su mirada se encontró con los ojos de
Gregor.**

Tepat pada saat itu pandangannya bertembung dengan mata
Gregor.

A pesar del shock, mantuvo la presencia de ánimo.

Walaupun terkejut, dia tetap berwaspada.

Probablemente sólo por la presencia de su madre.

Mungkin hanya kerana kehadiran ibunya.

Ella inclinó su rostro hacia su madre, cubriéndole la vista.

Dia menundukkan wajahnya ke arah ibunya, menutup
pandangannya.

Y entonces dijo, aunque temblorosa y desconsiderada:

Dan kemudian dia berkata, walaupun gementar dan tidak
berfikir panjang:

-Vamos, ¿no deberíamos volver a la sala de estar?

"Jom, tak patut ke kita balik ke ruang tamu?"

**Gregor podía comprender fácilmente las intenciones de la
hermana.**

Gregor dapat dengan mudah memahami niat kakak itu.

Su primera prioridad fue poner a su madre a salvo.

Keutamaannya yang pertama adalah untuk membawa ibunya
ke tempat yang selamat.

Pero luego ella iba a perseguirlo desde la pared.

Tetapi kemudian dia akan mengejarnya dari dinding.

**«¡Pues claro que puede intentarlo!», pensó Gregor para sus
adentros.**

"Baiklah, dia pasti boleh cuba!" fikir Gregor dalam hati.

Se sentó firmemente sobre su imagen y no renunció a ella.

Dia teguh berpegang pada gambarnya dan tidak
melepaskannya.

Preferiría haberle saltado en la cara a la hermana.

Dia lebih rela melompat ke muka kakak itu.

Pero las palabras de Grete preocuparon aún más a su madre.
Tetapi kata-kata Grete lebih membimbangkan ibunya.
Ella se hizo a un lado para ver lo que le ocultaban.
Dia berundur ke tepi untuk melihat apa yang disembunyikan
daripadanya.
Y vio la mancha marrón en el papel pintado floreado.
Dan dia ternampak kesan coklat pada kertas dinding
berbunga itu.
Y ella gritó antes de darse cuenta de que era Gregor.
Dan dia menjerit sebelum dia sedar itu Gregor.
"Oh Dios", gritó con los brazos extendidos.
"Ya Tuhan," jeritnya sambil menghulurkan tangannya.
Y ella se dejó caer en el sofá como si se hubiera rendido.
Dan dia jatuh terduduk di atas sofa seolah-olah dia telah
berputus asa.
—¡Gregor! —gritó la hermana levantando el puño.
"Gregor!" jerit kakak itu kepadanya sambil mengangkat
penumbuk.
Y ella le dirigió una mirada larga, dura y penetrante.
Dan dia memandangnya lama, keras, dan tajam.
Esta era la primera vez que hablaba con él directamente.
Ini kali pertama dia bercakap secara langsung dengannya.
**Corrió a la habitación de al lado para conseguir algunas sales
aromáticas.**
Dia berlari ke bilik sebelah untuk mendapatkan garam berbau.
Tenía que devolverle la conciencia a su madre.
Dia terpaksa menyedarkan ibunya semula.
Gregor quería ayudar, podría salvar la imagen más tarde.
Gregor mahu membantu, dia boleh menyimpan gambar itu
kemudian.
Pero él se había quedado firmemente pegado al cristal.
Tetapi dia telah tersekat kuat pada kaca itu.
Entonces tuvo que apartarse usando mucha fuerza.
Jadi dia terpaksa mengoyakkan dirinya menggunakan banyak
kekuatan.
**Él también corrió a la habitación de al lado, donde estaba la
hermana.**

Dia juga berlari ke bilik sebelah, tempat kakak itu berada.

En el pasado podría haberle dado algún consejo.

Pada zaman dahulu dia boleh sahaja memberinya sedikit nasihat.

Pero ahora no podía hacer nada más que quedarse de brazos cruzados y observar.

Tetapi sekarang dia tidak dapat berbuat apa-apa selain berdiri diam dan memerhati.

Revolvió el cajón y abrió varias botellas.

Dia menggeledah botol itu, membuka pelbagai botol.

Y todavía la asustó cuando ella se dio la vuelta.

Dan dia masih menakutkannya apabila dia berpaling.

Una botella cayó al suelo, se rompió y se astilló.

Sebuah botol jatuh ke lantai, pecah, dan berkecai.

Una astilla de vidrio golpeó la cara de Gregor y lo hirió.

Serpihan kaca terkena muka Gregor dan mencederakannya.

La botella contenía algún tipo de líquido cáustico.

Botol itu mengandungi sejenis cecair kaustik.

Y ahora el líquido corrosivo quemaba la cara de Gregor.

Dan kini cecair menghakis itu sedang membakar muka Gregor.

Sin embargo, la hermana no tenía tiempo para Gregor en ese momento.

Walau bagaimanapun, kakak itu tidak mempunyai masa untuk Gregor buat masa ini.

Ella recogió tantas botellas como pudo.

Dia mengutip seberapa banyak botol yang dia boleh.

Y ella corrió de nuevo hacia su madre con la medicina.

Dan dia berlari kembali kepada ibunya dengan ubat itu.

Ella cerró la puerta con el pie, dejando afuera a Gregor.

Dia menghempas pintu dengan kakinya, menghalang Gregor daripada masuk.

Ahora estaba separado de su madre, que estaba potencialmente moribunda.

Dia kini terputus hubungan dengan ibunya yang mungkin sedang nazak.

Si abriera la puerta, echaría a la hermana.

Jika dia membuka pintu, dia akan menghalau adik perempuan itu pergi.

Pero por supuesto tuvo que quedarse para cuidar a la madre.

Tetapi sudah tentu dia terpaksa tinggal untuk menjaga ibunya.

Ya no podía hacer nada más que esperarlos.

Tiada apa yang boleh dilakukannya sekarang selain menunggu mereka.

Acosado por el autorreproche y la ansiedad, comenzó a gatear.

Dibebani oleh rasa malu dan cemas, dia mula merangkak.

Se arrastró por todas partes: las paredes, los muebles, el techo.

Dia merangkak ke mana-mana; dinding, perabot, siling.

Sintió como si toda la habitación girara a su alrededor.

Dia rasa seperti seluruh bilik itu berputar di sekelilingnya.

Finalmente, desesperado y mareado, volvió a caer.

Akhirnya, dalam keadaan putus asa dan pening, dia jatuh terduduk semula.

Y cayó justo encima de la gran mesa del comedor.

Dan dia jatuh betul-betul di atas meja makan yang besar itu.

Pasó algún tiempo tendido allí, entumecido e incapaz de moverse.

Dia menghabiskan beberapa lama terbaring di sana, kebas dan tidak dapat bergerak.

Estaba exhausto por todo lo que el día le había traído.

Dia keletihan setelah semua yang telah menimpanya hari ini.

Todo estaba tranquilo, pero tal vez eso era una buena señal.

Suasana di sekeliling sunyi sepi, tetapi mungkin itu petanda baik.

Entonces, rompiendo el silencio, sonó el timbre de la puerta de afuera.

Kemudian, memecah kesunyian, loceng pintu di luar berbunyi.

La criada, por supuesto, se había encerrado en su cocina.

Pembantu rumah itu, sudah tentu, telah mengunci dirinya di dapurnya.

Así que la hermana era la única que podía abrir la puerta.
Jadi kakak itu sahaja yang boleh membuka pintu.
"¿Qué pasó?" fue lo primero que preguntó el padre.
"Apa yang berlaku?" itulah soalan pertama yang ditanya oleh
bapa itu.
La aparición de Grete probablemente le había dicho todo.
Kemunculan Grete mungkin telah memberitahunya segala-
galanya.
La voz de Grete se volvió apagada y apagada mientras
hablaba.
Suara Grete menjadi teredam dan kusam ketika dia bercakap.
Ella debió haber presionado su cara contra el pecho de su
padre.
Dia pasti telah menyembamkan mukanya ke dada ayahnya.
"La madre estaba inconsciente, pero ahora se siente mejor".
"Ibu tidak sedarkan diri, tetapi dia berasa lebih baik sekarang."
—Gregor ha escapado —añadió, tal como él esperaba.
"Gregor telah melarikan diri," tambahnya, seperti yang telah
dijangkakannya.
"Siempre te dije que algún día se escaparía."
"Saya selalu beritahu awak yang dia akan melarikan diri suatu
hari nanti."
—Pero vosotras, las mujeres, no quisisteis escucharme,
¿verdad?
"Tapi awak semua perempuan tak nak dengar cakap saya,
kan?"
Gregor se dio cuenta rápidamente de cómo veía las cosas su
padre.
Gregor cepat menyedari bagaimana ayahnya akan melihat
sesuatu.
Había malinterpretado el mensaje demasiado breve de
Grete.
Dia telah salah mentafsir mesej Grete yang terlalu ringkas itu.
Supuso que Gregor había cometido algún acto de violencia.
Dia menganggap Gregor telah melakukan suatu tindakan
keganasan.

Gregor tenía que encontrar una manera de apaciguar a su padre de alguna manera.

Gregor terpaksa mencari jalan untuk memuaskan hati ayahnya.

Porque no tuvo tiempo de explicarle las cosas.

Kerana dia tidak mempunyai masa untuk menjelaskan sesuatu kepadanya.

Pero de todos modos no habría podido explicar las cosas.

Tetapi dia tetap tidak akan dapat menjelaskan perkara itu.

Entonces huyó hacia la puerta y se pegó a ella.

Jadi dia melarikan diri ke pintu dan menekan dirinya ke pintu itu.

De esa manera su padre podría verlo desde la antesala.

Dengan cara itu ayahnya dapat melihatnya dari ruang tamu.

Y podría ver que tenía las mejores intenciones.

Dan dia akan dapat melihat bahawa dia mempunyai niat yang terbaik.

No había necesidad de empujarlo con una escoba.

Tidak perlu menolaknya ke belakang dengan penyapu.

Lo único que el padre habría tenido que hacer era abrir la puerta.

Apa yang perlu dilakukan oleh bapa itu hanyalah membuka pintu.

Pero él no estaba de humor para notar tales sutilezas.

Tetapi dia tidak berminat untuk memerhatikan perkara-perkara kecil sebegini.

"¡Ahí estás!" exclamó nada más entrar.

"Kau dah sampai!" jeritnya sebaik sahaja dia masuk.

Era como si estuviera enojado y feliz al mismo tiempo.

Seolah-olah dia marah dan gembira pada masa yang sama.

Echó la cabeza hacia atrás y miró al padre.

Dia mengangkat kepalanya ke belakang, lalu memandang ayahnya.

No se había imaginado que su padre estuviera allí así.

Dia tidak menyangka ayahnya berdiri di situ seperti ini.

Pero en los últimos tiempos había encontrado una nueva distracción.

Tetapi sejak kebelakangan ini, dia telah menemui gangguan baharu.

Gatear ahora ocupaba gran parte de su día.

Merangkak kini mengambil sebahagian besar masanya.

Antes, él estaba al tanto de todas las novedades que ocurrían en el apartamento.

Sebelum ini, dia sentiasa menjejaki sebarang berita di apartmen itu.

Pero últimamente no había estado prestando tanta atención.

Tetapi dia tidak begitu memberi perhatian sejak kebelakangan ini.

Debería haber estado preparado para afrontar los cambios.

Dia sepatutnya bersedia untuk menghadapi perubahan.

Sin embargo, ¿era este hombre que tenía delante todavía el padre?

Walau bagaimanapun, adakah lelaki di hadapannya ini masih bapanya?

¿Era él el mismo hombre que solía yacer cansado en su cama?

Adakah dia lelaki yang sama yang biasa berbaring keletihan di atas katilnya?

Cuando Gregor ya se había ido de viaje de negocios.

Apabila Gregor telah pun pergi dalam perjalanan perniagaan.

¿Era él el mismo hombre que lo saludaba por las noches?

Adakah dia lelaki yang sama yang menyambutnya pada waktu petang?

Cuando estaba en bata en su sillón.

Ketika dia memakai gaun tidur di kerusi berlengannya.

¿Era el mismo hombre que no pudo levantarse a darle la bienvenida?

Adakah dia lelaki yang sama yang tidak dapat bangun untuk menyambutnya?

Entonces, permaneciendo sentado, levantó el brazo en señal de alegría.

Jadi, sambil duduk, dia mengangkat tangannya sebagai tanda kegembiraan.

¿Era el mismo hombre con el que salía a caminar de vez en cuando?

Adakah dia lelaki yang sama yang dia ajak berjalan-jalan sekali-sekala?

En raras ocasiones: algunos domingos al año o días festivos.

Dalam keadaan yang jarang berlaku: beberapa hari Ahad setahun, atau cuti umum.

¿Era el mismo hombre que caminaba envuelto en su abrigo?

Adakah dia lelaki yang sama yang berjalan, berselubungi kotnya?

¿Avanzó lentamente, entre la madre y él?

Adakah dia perlahan-lahan mengunyah ke hadapan, antara ibunya dan dirinya?

Y ellos ya caminaban lentamente por causa de él.

Dan mereka sudah pun berjalan perlahan-lahan kerananya.

Pero ahora este hombre estaba de pie, fuerte y erguido.

Tetapi kini lelaki ini berdiri teguh dan tegak.

Estaba vestido con un uniforme azul con botones dorados.

Dia memakai uniform biru dengan butang emas.

Botones que llevan los empleados de las instituciones bancarias.

Butang yang dipakai oleh kakitangan institusi perbankan.

Por encima del rígido cuello emergía su fuerte papada.

Di atas kolar yang kaku itu terserlah dagu bergandanya yang tegap.

Bajo sus pobladas cejas se asomaban sus ojos negros.

Di bawah keningnya yang lebat, mata hitamnya memandang ke luar.

Ahora sus ojos parecían penetrantes, frescos y alertas.

Kini matanya kelihatan tajam, segar, dan waspada.

El cabello blanco, anteriormente despeinado, fue peinado hacia abajo.

Rambut putih yang sebelum ini kusut masai disikat ke bawah.

Y su cabello ahora tenía una meticulosa raya central.

Dan rambutnya kini mempunyai belahan tengah yang teliti.

Arrojó su sombrero, que estaba adornado con un monograma dorado.

Dia melemparkan topinya, yang dilekatkan dengan monogram emas.

Probablemente era el monograma del banco en el que trabajaba.

Ia mungkin monogram bank tempat dia bekerja.

Y el sombrero aterrizó en el sofá, para guardarlo más tarde.

Dan topi itu mendarat di atas sofa, untuk disimpan kemudian.

Empujó hacia atrás la parte inferior de la larga chaqueta del uniforme.

Dia menolak bahagian bawah jaket seragam panjang itu ke belakang.

Y metió los pulgares en los bolsillos de sus pantalones.

Dan dia memasukkan ibu jarinya ke dalam poket seluarnya.

Y luego, con cara sombría, caminó hacia Gregor.

Dan kemudian, dengan wajah yang muram, dia berjalan ke arah Gregor.

Probablemente ni siquiera sabía lo que planeaba hacer.

Dia mungkin tidak tahu apa yang dia rancangkan.

Pero aún así levantó los pies inusualmente alto.

Namun begitu, dia mengangkat kakinya tinggi-tinggi.

Gregor estaba asombrado por el enorme tamaño de sus botas.

Gregor kagum dengan saiz butnya yang sangat besar.

Pero realmente no había tiempo para maravillarse con sus zapatos.

Tetapi sebenarnya tidak ada masa untuk mengagumi kasutnya.

El padre había decidido aplicar una disciplina muy estricta.

Bapanya telah memutuskan untuk mengenakan disiplin yang sangat ketat.

Para Gregor sólo era apropiada la mayor severidad.

Hanya tahap keterukan yang paling tinggi sahaja yang sesuai untuk Gregor.

Él lo sabía desde el primer día de su transformación.

Dia tahu perkara ini sejak hari pertama transformasinya.

Corrió hacia su padre y se detuvo cuando él se detuvo.

Dia berlari ke arah ayahnya, dan berhenti ketika ayahnya berhenti.

Corrió hacia él nuevamente cuando se movió de nuevo.

Dia meluru ke arahnya sekali lagi apabila lelaki itu bergerak lagi.

El padre se detuvo un momento y Gregor también.

Si bapa berhenti seketika, begitu juga Gregor.

Y corrió hacia adelante nuevamente tan pronto como su padre se movió.

Dan dia meluru ke hadapan semula sebaik sahaja ayahnya bergerak.

De esta manera dieron varias vueltas alrededor de la habitación.

Dengan cara ini mereka berpusing di sekeliling bilik itu beberapa kali.

Nadie había conseguido aún ninguna ventaja decisiva.

Tiada kelebihan muktamad yang diperoleh oleh sesiapa pun setakat ini.

No se podría haber tenido la impresión de una persecución.

Seseorang tidak mungkin mendapat gambaran seperti satu kejar-mengejar.

Porque todo el acontecimiento se estaba produciendo demasiado lentamente.

Kerana keseluruhan acara itu berlaku terlalu perlahan.

Gregor había decidido quedarse en tierra.

Gregor telah memutuskan bahawa dia akan terus berada di atas tanah.

Podría haber corrido por las paredes y a lo largo del techo.

Dia boleh sahaja berlari memanjat dinding dan sepanjang siling.

Pero no quería provocar al padre innecesariamente.

Tetapi dia tidak mahu memprovokasi ayahnya tanpa sebab.

Una huida así podría haber parecido especialmente perversa.

Pelarian sedemikian mungkin kelihatan sangat jahat.

Gregor admitió que esta persecución no podía durar mucho más.

Gregor mengakui pengejaran ini tidak dapat bertahan lebih lama.

Cada paso debía ir acompañado de una miríada de movimientos.

Setiap langkah perlu dipenuhi dengan pelbagai pergerakan.

Ya empezaba a sentir falta de aire.

Dia sudah mula terasa sesak nafas.

Incluso antes nunca había tenido unos pulmones completamente confiables.

Malah sebelum ini dia tidak pernah mempunyai paru-paru yang boleh dipercayai sepenuhnya.

Avanzó tambaleándose, guardando sus fuerzas para la carrera.

Dia berjalan terhuyung-hayang, menyimpan kekuatannya untuk larian.

Estaba tan cansado que apenas podía mantener los ojos abiertos.

Dia sangat letih sehingga dia hampir tidak dapat membuka matanya.

Sus pensamientos se volvieron demasiado lentos para pensar en otras escapatorias.

Fikirannya menjadi terlalu lambat untuk memikirkan pelarian lain.

Casi había olvidado que los muros estaban a su disposición.

Dia hampir terlupa bahawa dinding itu tersedia untuknya.

Pero de todos modos las paredes estaban ocultas detrás de los muebles.

Tetapi dinding-dinding itu tetap tersembunyi di sebalik perabot.

Y los muebles tenían demasiadas muescas y protuberancias.

Dan perabot itu mempunyai terlalu banyak takik dan penonjolan.

Y luego, justo a su lado, rodando, había una manzana.

Dan kemudian, betul-betul di sebelahnya, berguling-guling, ada sebiji epal.

La manzana debió haberle sido arrojada, se dio cuenta.

Dia sedar pasti epal itu telah dibaling kepadanya.

Pero no tuvo tiempo de pensar antes de que llegara otra manzana.

Tetapi dia tidak mempunyai masa untuk berfikir sebelum sebiji epal lagi datang.

Gregor se quedó paralizado por la nueva estrategia del padre.

Gregor terpaku terkejut dengan strategi baharu ayahnya.

Ya no podía ganar nada intentando huir.

Dia tidak lagi dapat memperoleh apa-apa daripada cuba melarikan diri.

El padre había decidido bombardearlo con fruta.

Si bapa telah memutuskan untuk menghujaninya dengan buah-buahan.

Se había llenado los bolsillos con lo que había en el frutero de la cocina.

Dia telah mengisi poketnya dari mangkuk buah dapur.

Sin apuntar especialmente, lanzó manzana tras manzana.

Tanpa menyasarkan sesuatu, dia membaling epal demi epal.

Estas pequeñas manzanas rojas rodaban por el suelo.

Epal merah kecil ini berguling-guling di atas tanah.

Como si estuvieran electrificadas, las manzanas chocaron entre sí.

Bagaikan terkena renjatan elektrik, epal-epal itu bertembung antara satu sama lain.

Una de las manzanas lanzadas débilmente rozó la espalda de Gregor.

Sebiji epal yang dilemparkan dengan lemah itu menggesel belakang Gregor.

Afortunadamente para él, la manzana se deslizó sin sufrir daño.

Mujurlah baginya, epal itu tergelincir tanpa sebarang bahaya.

Sin embargo, la manzana lanzada después fue más precisa.

Walau bagaimanapun, epal yang dibaling selepas itu adalah lebih tepat.

Y esta manzana se alojó profundamente en la espalda de Gregor.

Dan epal ini tersangkut jauh di belakang Gregor.

Gregor quería alejarse del dolor.
Gregor mahu mengheret dirinya menjauhi kesakitan itu.
Quizás se pueda escapar de este nuevo e increíble dolor.
Mungkin kesakitan baharu yang luar biasa ini dapat
dielakkan.
Quizás un cambio de ubicación aliviaría su agonía.
Mungkin pertukaran lokasi dapat melegakan penderitaannya.
Pero se sentía como si lo hubieran clavado al suelo.
Tetapi dia rasa seperti telah dipaku ke lantai.
Se estiró, pero sólo debido a su confusión.
Dia meregangkan badan, tetapi hanya disebabkan oleh
kekeliruannya.
Sólo con su última mirada vio que la puerta se abría.
Hanya dengan pandangan terakhirnya barulah dia melihat
pintu terbuka.
La madre corrió hacia su hermana, que gritaba.
Ibu itu bergegas keluar di hadapan kakak yang menjerit itu.
**La hermana la había desnudado, por lo que estaba en
camisa.**
Kakak itu telah menanggalkan pakaiannya, jadi dia masih
memakai bajunya.
Había necesitado respirar en su inconsciencia.
Dia memerlukan ruang untuk bernafas dalam keadaan tidak
sedarkan diri.
Todavía veía cómo la madre corría hacia el padre.
Dia masih melihat bagaimana ibunya berlari ke arah ayahnya.
Sus faldas se deslizaron hasta el suelo, una tras otra.
Skirtnya tergelincir ke tanah, satu demi satu.
La vio acercarse al padre y tropezar con su falda.
Dia melihat wanita itu menghampiri ayahnya, dan tersandung
pada skirtnya.
Abrazándolo, pidió que le perdonaran la vida a Gregor.
Sambil memeluknya, dia meminta agar nyawa Gregor
diselamatkan.
En completa unión con su cuerpo, su vista falló.
Dalam keadaan yang menyatu sepenuhnya dengan tubuhnya,
penglihatannya menjadi kabur.

Tercera parte
Bahagian Tiga

Gregor sufrió la grave lesión durante más de un mes.
Gregor mengalami kecederaan parah selama lebih sebulan.
La manzana quedó incrustada; nadie se atrevió a sacarla.
Epal itu masih tertanam; tiada siapa yang berani
mengeluarkannya.
**La manzana permaneció en su carne como un recordatorio
visible.**
Epal itu kekal dalam dagingnya sebagai peringatan yang
boleh dilihat.
**Pero la manzana también sirvió como recordatorio para el
padre.**
Tetapi epal itu juga berfungsi sebagai peringatan kepada si
ayah.
**Se dio cuenta de que no debía tratar a Gregor como a un
enemigo.**
Dia sedar bahawa Gregor tidak seharusnya dilayan seperti
musuh.
Actualmente su apariencia puede ser triste y repugnante.
Pada masa ini penampilannya mungkin menyedihkan dan
menjijikkan.
Pero aún así, seguía siendo un miembro de su familia.
Namun begitu, dia tetap ahli keluarga mereka.
Había que aceptar la reticencia y tolerarla.
Keengganan itu terpaksa ditelan dan ditoleransi.
**Debido a su herida, es posible que haya perdido su
movilidad para siempre.**
Disebabkan lukanya, pergerakannya mungkin hilang selama-
lamanya.
Todavía gateaba por su habitación, pero mucho más lento.
Dia masih merangkak di dalam biliknya, tetapi lebih perlahan.
Arrastrarse a cualquier altura estaba fuera de cuestión.
Merangkak pada sebarang ketinggian adalah mustahil.
Pero Gregor recibió algún tipo de compensación.
Tetapi Gregor menerima beberapa bentuk pampasan.

Por la noche se le abrió la puerta del salón.
Pada waktu petang, pintu ruang tamu dibuka untuknya.
Y consideró que estas reparaciones eran completamente adecuadas.
Dan dia merasakan pampasan ini sepenuhnya mencukupi.
Antes del anochecer ya había empezado a vigilar la puerta.
Sebelum petang dia sudah mula memerhatikan pintu.
Él yacía en la oscuridad, invisible desde la sala de estar.
Dia berbaring dalam kegelapan, tidak kelihatan dari ruang tamu.
Pudo ver a toda la familia en la mesa iluminada.
Dia dapat melihat seluruh keluarga di meja yang diterangi cahaya.
Ahora se le permitió escuchar sus conversaciones.
Dia kini dibenarkan mendengar perbualan mereka.
Esto fue bastante diferente a su arreglo anterior.
Ini agak berbeza dengan perjanjian mereka sebelum ini.
Las animadas conversaciones de tiempos pasados habían terminado.
Perbualan rancak zaman dahulu telah berakhir.
Éstas eran las conversaciones que tanto anhelaba.
Inilah perbualan-perbualan yang pernah dirinduinya.
Cuando dormía solo en pequeñas habitaciones de hotel.
Ketika dia tidur bersendirian di bilik-bilik hotel kecil.
Cuando tuvo que arrojarse entre las sábanas húmedas.
Apabila dia terpaksa membenamkan dirinya ke dalam alas tidur yang lembap.
Pero ahora las tardes eran en su mayoría tranquilas y sin acontecimientos.
Tetapi waktu petang sekarang kebanyakannya sunyi dan tiada apa-apa yang berlaku.
El padre se quedó dormido en su sillón después de cenar.
Si bapa tertidur di kerusi malasnya selepas makan malam.
Y la madre y la hermana se animaban mutuamente a guardar silencio.
Dan ibu dan kakak itu saling menggesa supaya diam.
La madre, inclinada hacia la luz, cosía lino.

Si ibu, sambil bersandar jauh di atas cahaya, menjahit linen.

Ahora ella hace vestidos para una de las tiendas de moda.

Dia sekarang sedang membuat gaun untuk salah sebuah kedai fesyen.

Al igual que Gregor, la hermana había conseguido un trabajo como vendedora.

Seperti Gregor, kakak itu telah mengambil pekerjaan sebagai jurujual.

Ella estaba aprendiendo taquigrafía y francés por las tardes.

Dia belajar trengkas, dan bahasa Perancis, pada waktu petang.

Para que más adelante pudiera tal vez conseguir un mejor puesto de trabajo.

Supaya dia mungkin boleh mendapat pekerjaan yang lebih baik kemudian hari.

A veces el padre se despertaba de sus siestas nocturnas.

Kadangkala si ayah terjaga dari tidur petangnya.

"¡Cariño, ya llevas un buen rato cosiendo hoy!"

"Sayang, awak dah lama sangat menjahit hari ini!"

Parecía haber olvidado que había estado durmiendo.

Dia seolah-olah terlupa bahawa dia telah tidur.

Pero inmediatamente volvió a caer en un sueño profundo.

Namun dia serta-merta kembali terlena.

Y la madre y la hermana se sonrieron cansadamente.

Dan ibu dan kakak itu tersenyum lelah antara satu sama lain.

El padre había desarrollado una extraña y nueva terquedad.

Si bapa telah membentuk satu sifat degil baharu yang pelik.

Incluso en casa se negó a quitarse el uniforme de sirviente.

Walaupun di rumah dia enggan menanggalkan seragam pembantunya.

Y su bata colgaba inútilmente en la percha.

Dan gaun pengantinnya tergantung tidak berguna di penyangkut baju.

Así pues, el padre dormía, completamente vestido, en su sillón.

Jadi si bapa tidur, berpakaian lengkap, di kerusi berlengannya.

Era como si siempre estuviera dispuesto a prestar su servicio.

Seolah-olah dia sentiasa bersedia untuk melakukan khidmatnya.

Como si estuviera esperando la voz de su superior.

Seolah-olah dia hanya menunggu suara orang atasannya.

Esto provocó que su uniforme perdiera su limpieza.

Ini mengakibatkan pakaian seragamnya hilang kebersihannya.

Aunque el uniforme tampoco era nuevo cuando lo recibió.

Walaupun pakaian seragam itu juga bukanlah sesuatu yang baharu ketika dia mendapatkannya.

Y la madre hizo todo lo posible para cuidar el uniforme.

Dan ibunya sedaya upaya menjaga pakaian seragam itu.

Gregor pasaba tardes enteras mirando este uniforme.

Gregor menghabiskan sepanjang malam melihat pakaian seragam ini.

Observó cómo el anciano dormía de manera muy incómoda.

Dia memerhatikan lelaki tua itu tidur dengan tidak lena.

Pero mientras dormía también notó algo pacífico.

Namun dalam tidurnya dia juga perasan sesuatu yang menenangkan.

Cuando el reloj dio las diez la madre intentó despertarlo.

Apabila jam menunjukkan pukul sepuluh, ibunya cuba mengejutkannya.

Ella habló en voz baja y lo convenció de ir a la cama.

Dia bercakap dengan perlahan, dan memujuknya untuk tidur.

Porque dormir en el sillón no era dormir de verdad.

Kerana tidur di kerusi berlengan bukanlah tidur yang sebenar.

Iba a tener que empezar a trabajar a las seis en punto.

Dia perlu mula bekerja pada pukul enam petang.

Así que realmente necesitaba dormir lo mejor posible.

Jadi dia benar-benar perlu mendapatkan tidur yang lena.

Pero una nueva forma de terquedad se apoderó de él.

Tetapi dia telah dicengkam oleh satu bentuk kedegilan yang baru.

Convertirse en sirviente había comenzado a tener ese efecto en él.

Menjadi seorang hamba telah mula memberi kesan ini kepadanya.

Así que siempre insistía en quedarse más tiempo en la mesa.
Jadi dia selalu berkeras untuk tinggal lebih lama di meja itu.
Aunque con regularidad volvía a quedarse dormido en su silla.
Walaupun dia kerap tertidur di kerusinya semula.
Y sólo con la mayor dificultad pudo ser movido.
Dan dia hanya boleh digerakkan dengan kesukaran yang paling besar.
Tuvieron que decirle que la cama sería mejor para él.
Dia perlu diberitahu bahawa katil itu akan lebih baik untuknya.
Madre y hermana tuvieron que insistir con pequeñas advertencias.
Ibu dan kakak terpaksa berkeras dengan sedikit amaran.
Durante quince minutos se limitó a menear lentamente la cabeza.
Selama lima belas minit dia hanya menggelengkan kepalanya perlahan-lahan.
Y mantuvo los ojos cerrados y se negó a levantarse.
Dan dia terus memejamkan matanya, dan enggan bangun.
La madre tiró de su manga, suavemente, pero con firmeza.
Ibu itu menarik lengan bajunya, perlahan tetapi tegas.
Y ella susurró palabras halagadoras en sus oídos cansados.
Dan dia membisikkan kata-kata pujian di telinganya yang letih.
La hermana abandonó la tarea que tenía entre manos para ayudar a su madre.
Kakak itu meninggalkan tugas yang dipikulnya untuk membantu ibunya.
Pero ninguno de sus esfuerzos funcionó con el padre.
Tetapi tiada satu pun daripada usaha mereka yang berkesan terhadap bapa itu.
Se hundió aún más en su silla, preparado para dormir.
Dia menyandarkan badannya lebih dalam ke kerusi, bersedia untuk tidur.
Y finalmente las mujeres lo agarraron por las axilas.
Dan akhirnya wanita-wanita itu memegang ketiaknya.

Abrió los ojos y los miró alternativamente.
Dia membuka matanya dan memandangnya secara bergantian.
"¡Qué vida ésta!" se quejó al irse a dormir.
"Alangkah buruknya hidup ini," dia mengeluh sambil hendak tidur.
"¿Es esta la paz que me ha sido dada en mi vejez?"
"Adakah ini ketenangan yang telah diberikan kepadaku di hari tuaku?"
Pero entonces, apoyándose en las dos mujeres, se levantó torpemente.
Tetapi kemudian, sambil bersandar pada kedua-dua wanita itu, dia bangun dengan kekok.
Actuó como si llevara la carga más pesada.
Dia berlagak seolah-olah dia yang menanggung beban yang paling berat.
Dejó que las dos mujeres lo guiaran hasta el final de la habitación.
Dia membiarkan kedua-dua wanita itu memimpinnya ke hujung bilik.
Allí les deseó buenas noches y continuó su camino.
Di sana dia mengucapkan selamat malam kepada mereka, dan meneruskan perjalanannya sendiri.
Pero la madre rápidamente arrojó su kit de costura.
Tetapi ibunya tergesa-gesa melemparkan peralatan jahitannya.
Y la hermana también dejó el bolígrafo y el bloc de notas.
Dan kakak itu juga meletakkan pen dan buku nota.
Y corrieron detrás del padre para ayudarle aún más.
Dan mereka berlari di belakang bapa itu untuk membantunya lebih jauh.
¿Quién en esta familia sobrecargada de trabajo tenía tiempo para Gregor?
Siapakah dalam keluarga yang terlalu banyak bekerja ini yang mempunyai masa untuk Gregor?
¿Quién podría haberle prestado más atención de la necesaria?

Siapakah yang boleh memberinya perhatian lebih daripada
yang sepatutnya?
El presupuesto familiar se fue restringiendo cada vez más.
Bajet isi rumah menjadi semakin terhad.
**Al final, para ahorrar dinero, tuvieron que despedir a la
criada.**
Akhirnya, untuk menjimatkan wang, mereka terpaksa
memecat pembantu rumah itu.
**Fue reemplazada por una mujer de cabello blanco y huesos
gruesos.**
Dia digantikan dengan seorang wanita bertulang tebal dan
berambut putih.
Pero esta mujer venía sólo por la mañana y por la tarde.
Tetapi wanita ini hanya datang pada waktu pagi dan petang.
**Y todo el trabajo más pesado y duro quedó guardado para
ella.**
Dan semua kerja yang paling berat dan sukar telah disimpan
untuknya.
La madre se encargaba de todos los demás quehaceres.
Semua kerja-kerja lain diuruskan oleh ibu.
Incluso ocurrió que se vendieron varias joyas familiares.
Malahan pelbagai barang kemas keluarga telah dijual.
**Joyas que las mujeres lucieron felizmente durante las
celebraciones.**
Barang kemas yang dipakai oleh para wanita dengan gembira
semasa perayaan.
Gregor aprendió esto en una de las discusiones generales.
Gregor mempelajari perkara ini daripada salah satu
perbincangan umum.
La mayor queja, sin embargo, fue otra.
Walau bagaimanapun, aduan terbesar adalah sesuatu yang
lain.
**El apartamento era demasiado grande, pero no podían
mudarse.**
Apartmen itu terlalu besar, tetapi mereka tidak boleh
berpindah keluar.
No había manera de que pudieran reubicar a Gregor.

Mustahil mereka boleh memindahkan Gregor.

Pero Gregor se dio cuenta de que no era sólo una consideración.

Tetapi Gregor menyedari bahawa itu bukan sekadar pertimbangan.

Algo más les impidió mudarse a otro lugar.

Ada sesuatu yang menghalang mereka daripada berpindah ke tempat lain.

Podría haber sido fácilmente transportado en una caja adecuada.

Dia boleh sahaja diangkut dalam kotak yang sesuai.

Sus sentimientos de completa desesperanza los frenaron.

Perasaan putus asa yang sepenuhnya menghalang mereka.

No querían admitir que la desgracia les había golpeado.

Mereka tidak mahu mengakui bahawa mereka telah ditimpa musibah.

Lo que el mundo exige de los pobres, ellos lo cumplen.

Apa yang dituntut dunia daripada orang miskin, mereka tunaikan.

El padre le preparó el desayuno al pequeño empleado del banco.

Si bapa mengambilkan sarapan untuk kerani bank kecil itu.

La madre se sacrificó por la ropa de desconocidos.

Ibu itu mengorbankan dirinya untuk cucian orang yang tidak dikenali.

La hermana corría de un lado a otro para atender los pedidos de los clientes.

Kakak itu berlari ke sana ke mari untuk mendapatkan pesanan pelanggan.

Pero ya no tenían fuerzas para hacer más.

Tetapi mereka langsung tidak mempunyai kekuatan untuk berbuat apa-apa lagi.

La herida en la espalda de Gregor comenzó a doler aún más.

Luka di belakang Gregor mula terasa lebih sakit.

Cada noche, la madre y la hermana llevaban al padre a la cama.

Setiap malam ibu dan kakak akan membawa ayah tidur.

Dejaron su trabajo donde estaba y se sentaron juntos.
Mereka meninggalkan kerja mereka di tempat asalnya, dan
duduk bersama.
Y se acercaron más y se sentaron mejilla contra mejilla.
Dan mereka bergerak lebih dekat, lalu duduk bersebelahan.
La madre señaló la habitación desde donde él observaba.
Ibu itu menunjuk ke arah bilik dari tempat dia memerhati.
"¿Podrías cerrar la puerta?" le preguntó a la hermana.
"Boleh tutup pintu ni?" tanyanya kepada kakak itu.
Y entonces Gregor se quedó solo otra vez en la oscuridad.
Dan kemudian Gregor ditinggalkan sendirian dalam
kegelapan lagi.
Y en la habitación de al lado la mujer mezcló sus lágrimas.
Dan di bilik sebelah, wanita itu mencampurkan air mata
mereka.
**O bien se quedaban sentados con los ojos secos,
simplemente mirando la mesa.**
Atau mereka duduk dengan mata yang kering, hanya
merenung meja.
Gregor apenas durmió, ni de noche ni de día.
Gregor hampir tidak tidur langsung, baik malam mahupun
siang.
A menudo pensaba en cómo podría ayudar a la familia.
Dia sering berfikir bagaimana dia dapat membantu keluarga
itu.
Pensó en ganar dinero nuevamente para ellos.
Dia terfikir untuk mendapatkan wang itu sekali lagi untuk
mereka.
Pensó en hacer lo que solía hacer por ellos.
Dia terfikir untuk melakukan apa yang biasa dilakukannya
untuk mereka.
En sus pensamientos regresó el representante autorizado.
Dalam fikirannya, wakil yang diberi kuasa itu kembali.
Y esta vez el jefe también vino al apartamento.
Dan kali ini bos juga datang ke apartmen itu.
Y los oficinistas y los aprendices también estaban allí.
Dan kerani serta perantis juga ada di sana.

Incluso el lento empleado de la oficina vino a verlo.
Malah pembantu pejabat yang lambat akal pun datang
berjumpa dengannya.
Había dos o tres amigos de otros negocios.
Ada dua tiga orang kawan dari perniagaan lain.
Una de las camareras de un hotel de provincias.
Salah seorang pembantu rumah dari sebuah hotel di wilayah-
wilayah tersebut.
Un recuerdo querido y fugaz al que intentó aferrarse.
Kenangan indah dan sekejap yang cuba dikenangnya.
Una cajera de una sombrerería para quien tenía intenciones.
Seorang juruwang dari kedai topi yang dia ada niat untuk
mendapatkannya.
Pero había sido un poco lento en ganar su aprobación.
Tetapi dia agak terlalu lambat untuk memenangi
persetujuannya.
**Todos ellos aparecieron en sus pensamientos, mezclados con
desconocidos.**
Semua itu muncul dalam fikirannya, bercampur dengan orang
yang tidak dikenali.
Y otros no aparecieron, ya estaban olvidados.
Dan yang lain tidak muncul; mereka sudah dilupakan.
Pero no le ayudaron a él ni tampoco a la familia.
Tetapi mereka tidak membantunya, dan mereka juga tidak
membantu keluarga itu.
Eran inaccesibles y él se alegró cuando se fueron.
Mereka tidak dapat dihubungi, dan dia gembira apabila
mereka pergi.
**No siempre estaba de humor para preocuparse por la
familia.**
Dia tidak selalu berminat untuk risau tentang keluarga.
Y se llenó de rabia por la falta de atención.
Dan dia dipenuhi dengan kemarahan kerana kurangnya
perhatian.
Y no podía imaginar nada que le apeteciera.
Dan dia tidak dapat membayangkan apa-apa yang dia
inginkan.

Pero aún así hizo planes para entrar en la despensa.
Tetapi dia masih membuat rancangan untuk masuk ke pantri.
Y él iba a tomar todo lo que se merecía.
Dan dia akan mengambil semua yang dia layak terima.
La hermana ya no hacía ningún esfuerzo especial por él.
Kakak itu tidak lagi membuat sebarang usaha khas untuknya.
Ella ya no pasaba el tiempo pensando en complacerlo.
Dia tidak lagi meluangkan masa untuk memikirkan tentang
menyenangkan hati lelaki itu.
**Antes de ir a trabajar, rápidamente metió algo de comida en
la habitación.**
Sebelum pergi kerja, dia cepat-cepat memasukkan sedikit
makanan ke dalam bilik.
Y por la noche volvió a barrer rápidamente la comida.
Dan pada waktu petang dia cepat-cepat menyapu makanan
itu semula.
Ya no se daba cuenta de si había comido o no.
Sama ada dia sudah makan atau tidak, dia tidak perasan lagi.
**En la actualidad, la mayoría de las veces la comida se dejaba
intacta.**
Selalunya sekarang makanan itu tidak disentuh.
Ella todavía barría rápidamente la habitación por la noche.
Dia masih cepat-cepat menyapu bilik itu pada waktu petang.
Pero ahora hizo lo mínimo, lo más rápido posible.
Tetapi sekarang dia melakukan yang paling minimum,
secepat mungkin.
Quedaron vetas de suciedad corriendo por las paredes.
Garis-garis tanah dibiarkan mengalir di sepanjang dinding.
Bolas de polvo y basura quedaron tiradas en el suelo.
Bebola-bebola debu dan sampah sarap dibiarkan berselerak di
atas lantai.
Gregor mostró su desaprobación por su falta de cuidado.
Gregor menunjukkan rasa tidak senangnya terhadap
kurangnya perhatian wanita itu.
Se giró en un ángulo particularmente significativo.
Dia memusingkan badannya pada sudut yang sangat ketara.

Pero podría haber permanecido en el puesto durante semanas.
Tetapi dia boleh kekal dalam jawatan itu selama berminggu-minggu.
Su hermana no habría notado su insatisfacción.
Kakaknya tidak akan perasan akan ketidakpuasan hatinya.
Ella veía la suciedad tan bien como él, o incluso mejor.
Dia melihat tanah itu sama seperti lelaki itu, jika tidak lebih baik.
Pero ella había decidido dejar la tierra donde estaba.
Tetapi dia telah memutuskan untuk membiarkan tanah itu di tempatnya.
En ese momento adoptó una sensibilidad completamente nueva.
Pada masa itu dia menerima pakai sensitiviti yang sama sekali baharu.
Ella había hecho de la limpieza de la habitación de Gregor su responsabilidad.
Dia telah menjadikan membersihkan bilik Gregor sebagai tanggungjawabnya.
La familia se sintió conmovida por su amable consideración.
Keluarga itu tersentuh dengan keprihatinannya yang baik hati.
Una vez, la madre le había dado a su habitación una limpieza a fondo.
Pernah sekali, ibunya telah membersihkan biliknya dengan teliti.
Sólo después de utilizar unos cuantos baldes de agua lo consiguió.
Hanya selepas menggunakan beberapa baldi air barulah dia berjaya.
Sin embargo, la nueva humedad en la habitación perjudicó a Gregor.
Walau bagaimanapun, kelembapan baharu di dalam bilik itu telah memudaratkan Gregor.
Y él yacía ancho, amargado e inmóvil en el sofá.
Dan dia terbaring luas, geram dan tidak bergerak di atas sofa.

Pero ese fue sólo su primer castigo por ayudar.
Tetapi itu hanyalah hukuman pertamanya kerana membantu.
**La hermana notó rápidamente el cambio en la habitación de
Gregor.**
Kakak itu cepat perasan perubahan di bilik Gregor.
Y ella corrió a la sala, extremadamente insultada.
Dan dia berlari ke ruang tamu, dengan rasa sangat
tersinggung.
Su madre levantó las manos y trató de implorarle.
Ibunya mengangkat tangannya, dan cuba merayunya.
Pero a pesar de una explicación sincera, ella rompió a llorar.
Namun meskipun telah diberikan penjelasan yang ikhlas, dia
tetap menangis teresak-esak.
El padre, por supuesto, se sobresaltó y se levantó de la silla.
Si bapa sudah tentu terkejut dari kerusinya.
Y los dos padres miraban asombrados e impotentes.
Dan kedua orang tua itu memandang, kehairanan dan tidak
berdaya.
Y con el tiempo sus emociones también se agitaron.
Dan akhirnya emosi mereka juga menjadi gelisah.
El padre reprochó a la madre lo que había hecho.
Ayah memarahi ibunya atas apa yang telah dilakukannya.
**"Deberías haber dejado la habitación para que Grete la
limpiara."**
"Awak sepatutnya meninggalkan bilik ini untuk Grete
bersihkan."
Grete le gritó a la madre por limpiar su habitación.
Grete menjerit kepada ibunya kerana membersihkan biliknya.
"¡Nunca más podrás limpiar su habitación!"
"Awak tak dibenarkan kemas bilik dia lagi!"
La madre intentó arrastrar al padre al dormitorio.
Ibu cuba mengheret bapanya ke dalam bilik tidur.
**La hermana se quedó en la habitación, temblando y
sollozando.**
Kakak itu ditinggalkan di dalam bilik, menggigil dan
menangis teresak-esak.
Y golpeó la mesa con sus pequeños puños.

Dan dia menghentak meja dengan penumbuk kecilnya.
Y Gregor, enojado, siseó fuertemente contra todos ellos.
Dan Gregor mendesis kuat kerana marah kepada mereka semua.
¿Por qué a nadie se le ocurrió cerrarle la puerta?
Kenapa tiada sesiapa pun yang terfikir untuk menutup pintu untuknya?
Podrían haberle ahorrado esta vista y este ruido.
Mereka boleh sahaja menyelamatkannya daripada melihat dan mendengar bunyi bising ini.
La hermana estaba agotada después de llegar a casa del trabajo.
Kakak itu keletihan selepas pulang dari kerja.
Y cuidar a Gregor era aún más trabajo para ella.
Dan menjaga Gregor adalah lebih sukar baginya.
Pero eso no significaba que la madre debía haberlo hecho.
Tetapi itu tidak bermakna ibunya sepatutnya melakukannya.
A Gregor, por el contrario, no hay que descuidarlo.
Sebaliknya, Gregor tidak boleh diabaikan.
Pero ahora tenían una nueva criada que podía hacer esas cosas.
Tetapi sekarang mereka mempunyai pembantu rumah baharu yang boleh melakukan perkara-perkara seperti itu.
Una viuda anciana que tenía una estructura ósea robusta.
Seorang balu tua yang mempunyai struktur tulang yang teguh.
Una estatura que la ayudó a sobrevivir a su difícil vida.
Kedudukan yang membantunya mengharungi kehidupannya yang sukar.
Ella no sentía ninguna aversión real hacia la apariencia de Gregor.
Dia langsung tidak berasa benci terhadap penampilan Gregor.
Ella había abierto accidentalmente la puerta de la habitación de Gregor.
Dia secara tidak sengaja telah membuka pintu bilik Gregor.
No fue por ninguna curiosidad particular sobre la habitación.

Ia bukan kerana rasa ingin tahu tentang bilik itu.
Ella simplemente estaba haciendo su trabajo y por casualidad abrió la puerta.
Dia hanya melakukan tugasnya, dan kebetulan membuka pintu.
Gregor, por supuesto, quedó completamente sorprendido por ella.
Gregor, sudah tentu, sangat terkejut dengannya.
No lo perseguían, sino que corría de un lado a otro.
Dia tidak dikejar, tetapi dia berlari ke sana ke mari.
Y ella simplemente cruzó sus brazos y lo observó gatear.
Dan dia hanya melipat tangannya, dan memerhatikannya merangkak.
Desde entonces ella siempre le abría un poquito la puerta.
Sejak itu, dia sentiasa membukakan pintu sedikit untuknya.
Una mañana ella entró para ver cómo estaba.
Pernah sekali pada waktu pagi dia menjenguk ke dalam untuk melihat keadaannya.
Y por la tarde ella fue a ver cómo estaba antes de irse.
Dan pada waktu petang dia memeriksa keadaannya, sebelum dia pergi.
Al principio ella también intentó llamarlo para que viniera con ella.
Pada mulanya dia juga cuba memanggilnya untuk datang kepadanya.
"¡Ven aquí, viejo escarabajo pelotero!", solía decir.
"Mari ke sini, kumbang tahi tua!" dia biasa berkata.
O ella dijo, "¡mira ese viejo escarabajo pelotero!", amigablemente.
Atau dia berkata, "tengok kumbang tahi tua tu!", mesra.
Gregor nunca reaccionó cuando le hablaron de esa manera.
Gregor tidak pernah memberi respons apabila diajak bercakap seperti itu.
Él permaneció allí, sin moverse, y la ignoró.
Dia kekal di situ, tanpa bergerak, dan mengabaikannya.
"Si le hubieran dicho cómo hacer correctamente su trabajo."

"Kalaulah dia diberitahu cara melakukan tugasnya dengan betul."

"En lugar de molestarme debería limpiar mi habitación."

"Daripada mengganggu saya, lebih baik dia kemaskan bilik saya."

Una mañana temprano una fuerte lluvia golpeó las ventanas.

Pernah sekali pada awal pagi hujan lebat turun membasahi tingkap.

Quizás la lluvia ya era una señal de la llegada de la primavera.

Mungkin hujan sudah menjadi petanda musim bunga akan datang.

La criada comenzó a hablarle de esa manera una vez más.

Pembantu rumah itu mula bercakap dengannya dengan cara itu sekali lagi.

Gregor estaba tan amargado que se giró para mirarla.

Gregor begitu marah sehingga dia berpaling menghadapnya.

Era lento y débil, pero fue una especie de ataque.

Dia perlahan dan uzur, tetapi ia seperti satu serangan.

La criada, sin embargo, no tenía ningún miedo de Gregor.

Walau bagaimanapun, pembantu rumah itu langsung tidak takut kepada Gregor.

En lugar de eso, levantó una silla que estaba cerca de la puerta.

Sebaliknya, dia mengangkat kerusi yang terletak berhampiran pintu.

Y ella permaneció allí, tranquilamente, con la boca abierta.

Dan dia berdiri di sana, dengan tenang, dengan mulut ternganga luas.

Sus intenciones eran claras, incluso Gregor podía verlo.

Niatnya jelas, malah Gregor dapat melihatnya.

Y se giró, lentamente, a su posición original.

Dan dia berpusing, perlahan-lahan, ke posisi asalnya.

—Entonces no quieres acercarte más, ¿verdad?

"Jadi awak tak nak datang dekat lagi, kan?"

Y silenciosamente volvió a poner la silla en la esquina.

Dan dia diam-diam meletakkan kerusi itu kembali ke sudut.

Gregor ya casi no comía nada.
Gregor hampir tidak makan apa-apa lagi.
A veces, mientras caminaba por la habitación, se detenía.
Kadangkala, semasa berjalan-jalan di sekitar bilik, dia
berhenti.
Y se encontró junto a la comida preparada para él.
Dan dia mendapati dirinya berada di sebelah makanan yang
disediakan untuknya.
Se llevó la comida a la boca, pero sólo para jugar con ella.
Dia memasukkan makanan itu ke dalam mulutnya, tetapi
hanya untuk bermain-main dengannya.
Y muy a menudo lo escupía de nuevo al cabo de unas horas.
Dan agak kerap dia meludahkannya lagi selepas beberapa
jam.
Trató de encontrar una razón para su falta de apetito.
Dia cuba mencari sebab mengapa dia tidak berselera makan.
Quizás porque estaba triste por el estado de su habitación.
Mungkin kerana dia sedih dengan keadaan biliknya.
**Pero ya se había adaptado a los cambios que se producían en
la habitación.**
Namun dia sudah dapat menerima perubahan di dalam bilik
itu.
**Recientemente su habitación se había convertido en una
especie de almacén.**
Baru-baru ini biliknya telah menjadi sejenis bilik stor.
Se habían acostumbrado a dejar las cosas allí.
Mereka sudah terbiasa meninggalkan barang-barang di sana.
Y ahora quedaban muchas cosas así en su habitación.
Dan kini terdapat banyak perkara seperti itu yang tinggal di
dalam biliknya.
Porque una habitación del apartamento estaba alquilada.
Kerana satu bilik apartmen itu telah disewakan.
Tres caballeros serios alquilaban la habitación juntos.
Tiga orang lelaki yang bersungguh-sungguh menyewa bilik
itu bersama-sama.
Gregor los vio una vez a través de una rendija en la puerta.

Gregor pernah perasan mereka melalui celah di pintu.
**Llevaban barbas pobladas y estaban vestidos
meticulosamente.**
Mereka mempunyai janggut yang lebat, dan berpakaian rapi.
Eran escrupulosos en mantener todo ordenado.
Mereka teliti dalam memastikan semuanya kemas.
Su insistencia en el orden no se limitaba a su habitación.
Ketegasan mereka terhadap kekemasan tidak terhenti di bilik
mereka sahaja.
**Todo el apartamento tenía que mantenerse perfectamente
limpio.**
Seluruh apartmen perlu dijaga kebersihannya dengan
sempurna.
Eran aún más exigentes con el aspecto de la cocina.
Mereka lebih cerewet tentang rupa dapur itu.
Y no podían tolerar ningún desorden innecesario.
Dan mereka tidak dapat bertolak ansur dengan sebarang
kekacauan yang tidak perlu.
También habían traído consigo sus propios muebles.
Mereka juga membawa perabot mereka sendiri.
Por esta razón muchas cosas se habían vuelto superfluas.
Atas sebab ini, banyak perkara telah menjadi tidak perlu.
Eran cosas por las que nadie pagaría dinero.
Itu adalah perkara-perkara yang tiada siapa akan membayar
sebarang wang untuknya.
Pero la familia tampoco quería deshacerse de estas cosas.
Tetapi keluarga itu juga tidak mahu membuang barang-
barang ini.
Todas estas cosas fueron a parar a la habitación de Gregor.
Semua benda ini masuk ke dalam bilik Gregor.
**El cajón de cenizas de la cocina ahora estaba guardado en su
habitación.**
Kotak abu dari dapur itu disimpan di biliknya sekarang.
**Y la basura se guardaba en su habitación hasta el día de la
basura.**
Dan sampah itu disimpan di dalam biliknya sehingga hari
pembuangan sampah.

La criada arrojó todo lo que no necesitaba en su habitación.
Pembantu rumah itu melemparkan apa sahaja yang tidak diperlukannya ke dalam biliknya.
Afortunadamente no vio más que la mano y el objeto.
Mujurlah dia tidak nampak apa-apa selain tangan dan barang itu.
Probablemente tenía la intención de volver a buscar las cosas más tarde.
Dia mungkin berniat untuk kembali mengambil barang-barang itu kemudian.
O tal vez quería tirarlo todo de una vez.
Atau mungkin dia mahu membuang semuanya sekaligus.
Sin embargo, todo permaneció donde había quedado al principio.
Walau bagaimanapun, semuanya kekal di tempat ia pertama kali mendarat.
A menos que Gregor moviera la basura moviéndose a través de ella.
Melainkan Gregor mengalihkan sampah itu dengan menggeliat melaluinya.
Al principio se vio obligado a arrastrarse entre toda la basura.
Pada mulanya dia terpaksa merangkak melalui semua barang rongsokan itu.
No tenía posibilidad de evitarlo.
Tiada kemungkinan untuk dia mengelak daripada berbuat demikian.
Pero más tarde realmente encontró placer en esta actividad.
Tetapi kemudian dia benar-benar menemui keseronokan dalam aktiviti ini.
Aunque tal esfuerzo lo dejó triste y profundamente cansado.
Walaupun usaha sedemikian telah membuatnya sedih dan sangat letih.
Y después no pudo moverse durante muchas horas.
Dan selepas itu dia tidak dapat bergerak selama berjam-jam.
Los inquilinos a veces comían en la sala de estar.
Penghuni penginapan kadangkala makan di ruang tamu.

La puerta del salón permanecía cerrada esas noches.
Pintu ruang tamu tetap tertutup pada malam-malam seperti itu.
Pero a Gregor no le resultó difícil no abrir la puerta.
Tetapi Gregor tidak menghadapi kesukaran untuk tidak membuka pintu sekarang.
Incluso cuando la puerta estaba abierta, no siempre miraba hacia afuera.
Walaupun pintu terbuka dia tidak selalu memandang ke luar.
Pero él se acostó en el rincón más oscuro de la habitación.
Tetapi dia berbaring di sudut paling gelap bilik itu.
La familia tampoco notó su falta de atención.
Keluarga itu juga tidak perasan akan kekurangan perhatiannya.
Pero hubo una vez que la criada dejó la puerta abierta.
Tetapi ada suatu ketika pembantu rumah meninggalkan pintu terbuka.
La puerta permaneció abierta incluso cuando los inquilinos regresaron.
Pintu itu tetap terbuka walaupun penghuni penginapan itu kembali.
Y la puerta estaba abierta cuando se encendió la luz.
Dan pintu itu terbuka apabila lampu dihidupkan.
El hombre se sentó a la mesa donde la familia cenaba.
Lelaki itu duduk di meja tempat mereka sekeluarga makan malam.
Allí se sentaron en el pasado el padre, la madre y Gregor.
Ayah, ibu dan Gregor duduk di sana pada zaman dahulu.
Desplegaron las servilletas y cogieron cuchillos y tenedores.
Mereka membuka lipatan tuala wanita itu, dan mengambil pisau serta garpu.
La madre apareció en la puerta con un plato de carne.
Ibu itu muncul di muka pintu dengan semangkuk daging.
Entonces la hermana entró con un cuenco lleno de patatas.
Kemudian kakak itu masuk dengan semangkuk penuh kentang.

Los inquilinos se inclinaron sobre los cuencos colocados delante de ellos.
Para penghuni penginapan membongkok di atas mangkuk yang diletakkan di hadapan mereka.
El humo denso de la comida les llegaba hasta la nariz.
Asap tebal makanan itu naik ke hidung mereka.
Pero aún no habían decidido si comerían la comida.
Tetapi mereka belum memutuskan sama ada mereka akan makan makanan itu atau tidak.
Quizás enviarían la comida de vuelta a la cocina.
Mungkin mereka akan menghantar kembali makanan itu ke dapur.
El hombre sentado en el medio parecía ser la autoridad.
Lelaki yang duduk di tengah itu seolah-olah orang yang berwibawa.
Cortó la carne para determinar si estaba lo suficientemente tierna.
Dia memotong daging itu untuk menentukan sama ada ia cukup empuk.
Estaba satisfecho con el olor y el aspecto de la comida.
Dia berpuas hati dengan bau dan rupa makanan itu.
La madre y la hermana los observaban ansiosamente.
Ibu dan kakaknya memerhatikan mereka dengan penuh rasa cemas.
Y empezaron a sonreír con un suspiro de alivio.
Dan mereka mula tersenyum dengan keluhan lega yang terkumpul.
La propia familia iba a comer en la cocina.
Keluarga itu sendiri akan makan di dapur.
Pero primero el padre fue a ver cómo estaban los inquilinos.
Tetapi pertama sekali si bapa pergi memeriksa keadaan para penyewa.
Hizo una reverencia, sosteniendo en su mano su gorra de trabajo.
Dia tunduk sekali, sambil memegang topi kerjanya di tangannya.

Y caminó en círculo alrededor de la mesa, hacia cada invitado.

Dan dia berjalan mengelilingi meja, kepada setiap tetamu

Todos los inquilinos se pusieron de pie y murmuraron algo entre dientes.

Semua penghuni penginapan berdiri, bergumam sambil mencabut janggut mereka.

Después de que él se fue, comieron en un silencio casi absoluto.

Selepas dia pergi, mereka makan dalam diam yang hampir sepenuhnya.

A Gregor le pareció extraño que pudiera oír la masticación.

Gregor berasa pelik kerana dia boleh mendengar bunyi mengunyah.

Ningún otro aspecto de la alimentación parecía emitir ningún sonido.

Tiada aspek makan lain yang mengeluarkan sebarang bunyi.

Pero podía oír claramente el rechinar de los dientes.

Tetapi dia dapat mendengar dengan jelas bunyi gigi-gigi mereka bergemeretak.

Parecían decirle que necesitaba dientes para comer.

Mereka seolah-olah memberitahunya bahawa dia memerlukan gigi untuk makan.

"No puedes hacer nada si tus mandíbulas no tienen dientes".

"Awak tak boleh buat apa-apa kalau rahang awak tak bergigi."

"Me gustaría comer algo", dijo Gregor ansiosamente.

"Saya teringin makan sesuatu," kata Gregor dengan cemas.

"Pero no tengo apetito para lo que están comiendo".

"Tapi aku tak ada selera nak makan apa yang kau semua tengah makan ni."

"Mira cómo comen estos huéspedes y yo aquí muriéndome de hambre".

"Tengoklah penghuni-penginapan ini makan, dan di sini aku kelaparan."

Aquella noche Gregor pensó por casualidad en el violín.

Gregor kebetulan teringatkan biola petang itu.

No había oído el violín desde la transformación.

Dia tidak pernah mendengar biola sejak transformasi itu.
Pero entonces, esta noche, se oyó un ruido desde la cocina.
Tetapi kemudian, petang ini, satu bunyi datang dari dapur.
Los caballeros ya habían terminado su cena.
Tuan-tuan itu sudah pun selesai makan malam mereka.
El caballero del medio había comenzado a leer un periódico.
Lelaki tengah itu telah mula membaca surat khabar.
Les había dado a los otros dos caballeros una hoja a cada uno.
Dia telah memberikan setiap seorang daripada dua lelaki yang lain sehelai kain.
Y ahora estaban recostados, leyendo y fumando.
Dan sekarang mereka sedang bersandar, membaca dan merokok.
Cuando el violín empezó a sonar, se pusieron atentos.
Apabila biola mula dimainkan, mereka menjadi perhatian.
Se levantaron y caminaron de puntillas hacia la puerta de la antesala.
Mereka berdiri dan berjalan berjingkat ke pintu bilik tamu.
Allí estaban, acurrucados juntos, escuchando desde la puerta.
Di sini mereka berdiri berkerumun bersama, mendengar di pintu.
La familia debió haber escuchado a los hombres desde la cocina.
Keluarga itu pasti terdengar suara lelaki-lelaki itu dari dapur.
Porque el padre los llamó y les preguntó;
Kerana bapa itu memanggil mereka, dan bertanya kepada mereka;
¿Acaso el violín resulta incómodo para los caballeros?
"Adakah biola itu mungkin tidak selesa untuk tuan-tuan?"
"Si no te gusta la música podemos parar inmediatamente."
"Kalau awak tak suka muziknya, kita boleh berhenti serta-merta."
"Al contrario", dijo el centro de los caballeros.
"Sebaliknya," kata lelaki-lelaki itu di tengah-tengah mereka.

"¿Le gustaría a la señorita tocar el violín en nuestra habitación?"
"Adakah wanita muda itu suka bermain biola di bilik kita?"
"Definitivamente es mucho más cómodo y acogedor aquí".
"Sudah tentu di sini jauh lebih selesa dan nyaman."
El padre respondió como si fuera el propio violinista.
Si bapa menjawab seolah-olah dia sendiri pemain biola itu.
"Oh, por favor, eso sería maravilloso", exclamó el padre.
"Oh, tolonglah, itu pasti indah," jerit si bapa.
Los caballeros regresaron a la sala de estar y esperaron.
Lelaki-lelaki itu kembali ke ruang tamu dan menunggu.
Pronto el padre entró en la habitación con el atril.
Tidak lama kemudian, ayahnya masuk ke dalam bilik yang mempunyai pentas muzik.
La madre entró en la habitación con el libro de música.
Ibu masuk ke dalam bilik dengan buku muzik.
Y la hermana entró en la habitación con el violín.
Dan kakak itu masuk ke dalam bilik dengan biola.
Ella preparó todo con calma para tocar el violín.
Dia dengan tenang menyediakan segala-galanya untuk bermain biola.
Los padres exageraron su cortesía y modales.
Ibu bapa itu membesar-besarkan kesopanan dan adab mereka.
Nunca antes habían alquilado habitaciones a huéspedes.
Mereka tidak pernah menyewakan bilik kepada penghuni penginapan sebelum ini.
Y ni siquiera se atrevieron a sentarse en sus propias sillas.
Dan mereka tidak berani duduk di kerusi mereka sendiri.
En lugar de sentarse, el padre se apoyó contra la puerta.
Daripada duduk, ayahnya bersandar di pintu.
Su mano derecha estaba entre dos botones de su abrigo.
Tangan kanannya berada di antara dua butang kotnya.
Sin embargo, un caballero le ofreció una silla a la madre.
Walau bagaimanapun, ibunya ditawarkan kerusi oleh seorang lelaki budiman.
Pero ella se sentó donde el caballero había colocado la silla.
Tetapi dia duduk di tempat lelaki itu meletakkan kerusi itu.

Y no había colocado la silla en ningún lugar determinado.
Dan dia tidak meletakkan kerusi itu di mana-mana sahaja.
Así que la madre se sentó apartada de todos, en un rincón.
Jadi ibu itu duduk berasingan daripada semua orang, di satu sudut.
Y finalmente la hermana empezó a tocar el violín.
Dan akhirnya kakak itu mula bermain biola.
Los padres, en lados opuestos, prestaron mucha atención.
Ibu bapa, di pihak yang bertentangan, memberi perhatian yang teliti.
Y observaban atentamente cada movimiento de su mano.
Dan mereka memerhatikan setiap pergerakan tangannya dengan teliti.
Gregor también se sentía atraído por la interpretación del violín.
Gregor juga tertarik dengan permainan biola itu.
Y se aventuró a salir de su habitación un poco más lejos.
Dan dia memberanikan diri keluar dari biliknya sedikit lagi.
Él ya estaba con la cabeza dentro de la sala.
Dia sudah pun berada di dalam ruang tamu dengan kepalanya yang tertunduk.
Solía enorgullecerse de ser muy considerado.
Dia sangat berbangga kerana bersikap sangat bertimbang rasa.
Pero últimamente casi no cuestiona su falta de cuidado.
Tetapi baru-baru ini dia hampir tidak mempersoalkan kekurangan penjagaannya.
Aunque ahora tenía más motivos para esconderse que antes.
Walaupun dia mempunyai lebih banyak sebab untuk bersembunyi sekarang berbanding sebelum ini.
Porque su habitación estaba cubierta de polvo y suciedad diversa.
Kerana biliknya dipenuhi habuk dan pelbagai jenis kotoran.
El más leve movimiento levantaba todo tipo de suciedad.
Pergerakan yang paling sedikit telah membangkitkan pelbagai jenis kekotoran.
Toda esa suciedad se le pegó: polvo, pelo, restos de comida.

Semua tanah ini melekat padanya; habuk, rambut, makanan masih tinggal.

Podría haber frotado la suciedad contra la alfombra.

Dia boleh sahaja menggosok kotoran pada karpet itu.

Esto era algo que solía hacer varias veces al día.

Ini adalah sesuatu yang biasa dilakukannya beberapa kali setiap hari.

Pero su indiferencia hacia todo era demasiado grande.

Tetapi sikap acuh tak acuhnya terhadap segala-galanya terlalu besar.

Así que no tuvo miedo de avanzar un poco más.

Jadi dia tidak takut untuk maju lebih jauh.

Y se trasladó al inmaculado suelo de la sala de estar.

Dan dia bergerak ke lantai ruang tamu yang bersih dan rapi.

Sin embargo, nadie se dio cuenta ni le prestó atención.

Namun, tiada sesiapa yang perasan, atau menghiraukannya.

La familia estaba completamente absorta en el concierto.

Keluarga itu benar-benar asyik dengan konsert itu.

Los caballeros, por el contrario, inicialmente se retiraron.

Sebaliknya, para lelaki itu pada mulanya berundur.

Y se quedaron cerca, detrás del atril de la hermana.

Dan mereka berdiri rapat di belakang petak muzik kakak itu.

Si hubieran mirado habrían podido ver las notas musicales.

Jika mereka melihat, mereka pasti akan melihat not-not muzik itu.

Esto, por supuesto, habría perturbado a la hermana.

Sudah tentu, ini akan mengganggu adik perempuan itu.

Luego se quedaron de pie junto a la ventana, en lugar de sentarse.

Kemudian mereka berdiri di tepi tingkap, dan bukannya duduk.

Con las manos en los bolsillos seguían hablando.

Dengan tangan di dalam poket mereka terus bercakap.

Permanecieron allí mientras el padre observaba ansiosamente.

Mereka kekal di sana sementara bapanya memerhati dengan cemas.

Uno tenía la impresión de que tenían otras expectativas.
Seseorang mempunyai tanggapan bahawa mereka
mempunyai jangkaan lain.
Y realmente parecía como si se hubieran decepcionado.
Dan ia benar-benar kelihatan seolah-olah mereka telah
kecewa.
Parecía que ya estaban hartos de la actuación.
Nampaknya mereka sudah muak dengan persembahan itu.
Habían permitido que el violín perturbara su paz.
Mereka telah membiarkan biola mengganggu ketenteraman
mereka.
Y sólo toleraban la música por cortesía.
Dan mereka hanya bertolak ansur dengan muzik itu kerana
kesopanan.
Lo que más me desconcertó fue cómo expulsaron el humo.
Cara mereka menghembus asap itu amat membimbangkan.
Y aún así, tocaba el violín maravillosamente.
Namun begitu dia bermain biola dengan begitu indah.
**Su rostro estaba inclinado suavemente hacia un lado, sobre
el violín.**
Wajahnya dicondongkan perlahan ke sisi, di atas biola.
Sus ojos buscaban con tristeza las líneas musicales.
Matanya merenung dengan sedih di sepanjang alunan muzik.
Gregor se sintió atraído un poco más hacia la sala de estar.
Gregor rasa ditarik ke ruang tamu sedikit lagi.
Mantuvo la cabeza cerca del suelo, pero miró hacia arriba.
Dia tetap menjelingkan kepalanya ke tanah, tetapi mendongak
ke atas.
**Tal vez de esta manera la mirada de su hermana podría
encontrarse con la suya.**
Mungkin dengan cara ini pandangan kakaknya mungkin akan
bertemu dengan matanya.
¿Puede realmente decirse que era sólo un animal?
Bolehkah benar-benar dikatakan bahawa dia hanyalah seekor
haiwan?
¿Era un animal si la música podía cautivarlo tanto?

Adakah dia seekor haiwan jika muzik dapat memikatnya
begitu?
**Sintió como si le mostraran un camino hacia una
alimentación desconocida.**
Dia rasa seperti ditunjukkan jalan menuju makanan yang
tidak diketahui.
Quizás éste era el sustento que le faltaba.
Mungkin inilah rezeki yang dia rindukan.
Estaba decidido a dirigirse hacia su hermana.
Dia bertekad untuk terus berjalan ke arah kakaknya.
Quería tirar de su falda para llamar su atención.
Dia ingin menarik skirtnya untuk menarik perhatiannya.
Quería darle una indicación de una invitación.
Dia mahu memberinya tanda jemputan.
"Ven a tocar el violín en mi habitación", quiso decir.
"Mari main biola di bilik saya," dia ingin berkata.
**Él quería que ella fuera recompensada por su hermosa
música.**
Dia mahu wanita itu diberi ganjaran atas muziknya yang
indah.
"Aquí nadie te recompensa por tocar el violín".
"Tiada sesiapa di sini yang memberi ganjaran kepada awak
kerana bermain biola."
Él ya no quería dejarla salir de su habitación.
Dia tidak mahu membiarkannya keluar dari biliknya lagi.
Él quería que ella permaneciera con él mientras viviera.
Dia mahu wanita itu tinggal bersamanya selagi dia masih
hidup.
Por primera vez su transformación tuvo un beneficio.
Buat pertama kalinya transformasinya memberi manfaat.
Su deformidad finalmente iba a serle útil.
Kecacatannya akhirnya akan berguna kepadanya.
Quería estar en las cuatro puertas simultáneamente.
Dia mahu berada di keempat-empat pintu secara serentak.
Quería silbarles y escupirles desde todos los ángulos.
Dia mahu mendesis dan meludah kepada mereka dari
pelbagai sudut.

Su hermana no debería verse obligada a quedarse con él.
Kakaknya tidak sepatutnya dipaksa tinggal bersamanya.
Él quería que ella eligiera quedarse con él voluntariamente.
Dia mahu wanita itu memilih untuk tinggal bersamanya
secara sukarela.
Ella iba a sentarse a su lado e inclinarse hacia él.
Dia bercadang untuk duduk di sebelahnya dan membongkok
ke arahnya.
Y le iba a contar sobre la escuela de música.
Dan dia akan memberitahunya tentang sekolah muzik itu.
Tenía la firme intención de enviarla a la academia.
Dia berniat untuk menghantarnya ke akademi.
Se lo habría contado a todo el mundo la pasada Navidad.
Dia pasti akan memberitahu semua orang tentang Krismas
yang lalu.
¿Ya había llegado y pasado realmente la Navidad?
Adakah Krismas benar-benar telah datang dan pergi lagi?
Y no habría dejado que nadie le disuadiera de ello.
Dan dia tidak akan membiarkan sesiapa pun menghalangnya
daripada berbuat demikian.
Pero entonces el desafortunado accidente lo detuvo todo.
Tetapi kemudian kemalangan malang itu menghentikan
segalanya.
La hermana se habría sentido abrumada por la emoción.
Kakak itu pasti akan diliputi emosi.
Y entonces Gregor se habría subido hasta su hombro.
Dan kemudian Gregor pasti akan memanjat ke bahunya.
Y la habría consolado besándole el cuello.
Dan dia akan menenangkannya dengan mencium lehernya.
—¡Señor Samsa! —gritó el hombre del medio al padre.
"Encik Samsa!" lelaki di tengah itu memanggil si bapa.
Señalaba con su dedo índice hacia Gregor.
Dia menuding jari telunjuknya ke arah Gregor.
Gregor se movía lentamente por el suelo de la sala de estar.
Gregor perlahan-lahan bergerak di atas lantai ruang tamu.
El sonido del violín se silenció muy rápidamente.
Permainan biola dengan cepat menjadi senyap.

El del medio de los tres hombres sonrió a sus amigos.

Tengah-tengah tiga lelaki itu tersenyum memandang rakan-rakannya.

Luego meneó la cabeza y volvió a mirar a Gregor.

Kemudian dia menggelengkan kepalanya, dan memandang kembali Gregor.

El padre podría haber obligado a Gregor a regresar a su habitación.

Bapa itu boleh sahaja memaksa Gregor kembali ke biliknya.

Pero esa no fue la primera acción que decidió tomar.

Tetapi itu bukanlah tindakan pertama yang diputuskannya.

Pensó que era más importante calmar a los caballeros.

Dia fikir adalah lebih penting untuk menenangkan tuan-tuan itu.

Aunque en realidad no estaban molestos en absoluto por Gregor.

Walaupun mereka langsung tidak kecewa dengan Gregor.

Gregor parecía más entretenido que tocar el violín.

Gregor kelihatan lebih menghiburkan daripada permainan biola.

Corrió hacia ellos con los brazos extendidos.

Dia bergegas ke arah mereka dengan tangan yang dihulurkan.

Estaba intentando hacer lo mejor que podía para ocultar su visión de Gregor.

Dia cuba sedaya upaya untuk menutup pandangan mereka tentang Gregor.

Y trató de animarlos a regresar a su habitación.

Dan dia cuba menggalakkan mereka kembali ke bilik mereka.

En realidad, esto los hizo enfadar un poco.

Jika ada apa-apa, ini sebenarnya membuatkan mereka sedikit terganggu.

Pero era difícil decir exactamente qué les molestaba.

Tetapi sukar untuk mengatakan apa sebenarnya yang mengganggu mereka.

El padre estaba arruinando la diversión de la noche.

Si bapa telah merosakkan hiburan malam itu.

Pero también acababan de enterarse de su nuevo compañero de piso.

Tetapi mereka juga baru sahaja mengetahui tentang rakan serumah baharu mereka.

Levantaron las manos tal como lo había hecho el padre.

Mereka mengangkat tangan seperti yang dilakukan oleh bapa itu.

Exigieron una explicación inmediata al padre.

Mereka menuntut penjelasan segera daripada bapanya.

Se tiraron inquietos de la barba esperando una respuesta.

Mereka menarik janggut mereka dengan gelisah untuk mendapatkan jawapan.

Y retrocedieron hasta su habitación, pero muy lentamente.

Dan mereka bergerak ke belakang ke bilik mereka, tetapi dengan sangat perlahan.

La interrupción había dejado a la hermana en trance.

Gangguan itu telah membuatkan kakak itu terlena.

Dejó que el violín y el arco colgaran a su lado.

Dia membiarkan biola dan busurnya tergantung di sisinya.

Y ella miraba la partitura como si todavía estuviera tocando.

Dan dia memandang not muzik itu seolah-olah masih dimainkan.

Pero de repente ella regresó a la habitación.

Tetapi kemudian dia tiba-tiba menarik dirinya kembali ke dalam bilik.

Y ahora había superado el sentimiento de estar perdida.

Dan dia kini telah mengatasi perasaan tersesat itu.

Ella colocó el instrumento musical en el regazo de su madre.

Dia meletakkan alat muzik itu di atas riba ibunya.

La madre estaba sentada en la silla, respirando con dificultad.

Ibu itu duduk di kerusi itu, bernafas berat.

Y entonces la hermana tuvo que correr a la habitación de al lado.

Dan kemudian kakak itu terpaksa berlari ke bilik sebelah.

Tenía que dejar todo listo para los caballeros.

Dia perlu menyediakan semuanya untuk tuan-tuan itu.

Ella arrojó las mantas y los cojines al aire.
Dia mencampakkan selimut dan kusyen ke udara.
Y con sus manos expertas dispuso toda la ropa de cama.
Dan dengan tangannya yang mahir, dia menyusun semua alas tidur.
Terminó antes de que los caballeros llegaran a la habitación.
Dia selesai sebelum lelaki-lelaki itu sampai ke bilik.
Y ella se escabulló antes de interponerse en su camino.
Dan dia menyelinap keluar sebelum menghalang jalan mereka.
El padre parecía estar dominado por su propia terquedad.
Si ayah seolah-olah terbelenggu dengan kedegilannya sendiri.
Y así olvidó todo respeto que debía a sus inquilinos.
Dan dia terlupa semua rasa hormat yang terhutang kepadanya kepada penyewanya.
Empujó y empujó hasta que su portavoz se opuso.
Dia menolak dan menolak sehingga jurucakap mereka membantah.
Al llegar a la puerta, dio una patada furiosa.
Dia menghentakkan kakinya dengan marah sebaik sahaja sampai di pintu.
Y con esto logró detener al padre.
Dan dengan demikian dia membuatkan ayahnya terhenti.
"Por la presente declaro", comenzó dirigiéndose a su propietario.
"Dengan ini saya mengisytiharkan," dia mula berucap kepada tuan tanahnya.
Y levantó la mano, mirando a toda la familia.
Dan dia mengangkat tangannya, memandang semua ahli keluarga itu.
"En cuanto a las repugnantes condiciones de la habitación;"
"Berkenaan dengan keadaan bilik yang menjijikkan itu;"
Y se aseguró de que todos escucharan sus palabras.
Dan dia memastikan semua orang mendengar kata-katanya.
"Por la presente, le comunico que desocuparé mi habitación".
"Dengan ini saya memberi notis bahawa saya akan mengosongkan bilik saya."

Y reiteró su punto escupiendo en el suelo.

Dan dia lebih lanjut mengemukakan maksudnya dengan meludah ke tanah.

"Tampoco pagaré por los días que he vivido aquí."

"Saya juga tidak akan membayar untuk hari-hari saya tinggal di sini."

Sin embargo, no estaba completamente satisfecho con este reembolso.

Walau bagaimanapun, dia tidak berpuas hati sepenuhnya dengan bayaran balik ini.

"Y consideraré hacer otras demandas contra usted."

"Dan saya akan mempertimbangkan untuk membuat tuntutan lain terhadap awak."

Créeme, tales exigencias serán muy fáciles de justificar.

"Percayalah, tuntutan sedemikian akan sangat mudah untuk dijustifikasikan."

Él permaneció en silencio y miró directamente al padre.

Dia diam dan memandang lurus ke hadapan ke arah ayahnya.

Parecía estar esperando que sucediera algo más.

Dia seolah-olah menjangkakan sesuatu yang lebih akan berlaku.

De hecho, sus dos amigos inmediatamente tuvieron la misma idea.

Malah, kedua-dua rakannya serta-merta mempunyai idea yang sama.

"También estamos cancelando nuestras habitaciones", dijeron al unísono.

"Kami juga akan membatalkan bilik kami," kata mereka serentak.

Luego agarró la manija de la puerta y cerró la puerta.

Kemudian dia mencapai pemegang pintu dan menutup pintu.

Y con un fuerte estruendo se encerraron en su habitación.

Dan dengan dentuman yang kuat mereka mengurung diri di dalam bilik mereka.

El padre se tambaleó hasta su silla con manos torpes.

Si bapa terhuyung-hayang ke kerusinya dengan tangan yang meraba-raba.

Y se dejó caer en la silla, derrotado.

Dan dia membiarkan dirinya jatuh ke kerusi, kalah.

Parecía como si fuera a echar su siesta vespertina habitual.

Nampaknya dia akan tidur siang seperti biasa.

Pero su cabeza asintió casi como si no tuviera apoyo.

Tetapi kepalanya mengangguk seolah-olah tidak disokong.

Y se podía ver que no estaba durmiendo en absoluto.

Dan dapat dilihat bahawa dia langsung tidak tidur.

Durante todo este tiempo Gregor no se había movido de su sitio.

Sepanjang masa ini Gregor tidak berganjak dari tempatnya.

Todavía estaba donde los caballeros lo habían visto por primera vez.

Dia masih berada di tempat lelaki-lelaki itu pertama kali melihatnya.

Incluso si hubiera querido moverse, le resultó imposible.

Walaupun dia mahu bergerak, dia mendapati ia mustahil.

Por su decepción, o por su hambre.

Kerana kekecewaannya, atau kerana kelaparannya.

Estaba decepcionado por el fracaso de su plan.

Dia kecewa kerana rancangannya gagal.

Y estaba débil por el hambre prolongada que sentía.

Dan dia lemah akibat kelaparan yang berpanjangan yang dirasainya.

Estaba seguro de que en cualquier momento todos se volverían contra él.

Dia pasti semua orang akan berpaling daripadanya pada bila-bila masa.

Con esta expectativa de colapso inminente, esperó.

Dengan jangkaan keruntuhan yang akan berlaku, dia menunggu.

El violín empezó a deslizarse del regazo de la madre.

Biola itu mula terlepas dari riba ibunya.

Con un sonido resonante el violín cayó al suelo.

Dengan bunyi yang kuat, biola itu jatuh ke tanah.

Pero ni siquiera ese repentino ruido estrepitoso lo sobresaltó.

Tetapi bunyi dentuman yang tiba-tiba itu tidak mengejutkannya.

«Queridos padres», dijo la hermana, «esto no puede continuar».

"Ibu bapa yang dikasihi," kata adik perempuan itu, "ini tidak boleh berterusan."

Y golpeó la mesa con la mano para dejar claro su punto.

Dan dia menghempas tangannya ke atas meja untuk menjelaskan maksudnya.

"No diré el nombre de mi hermano delante de este monstruo".

"Aku takkan sebut nama abang aku sebelum raksasa ni."

"Por eso lo digo lo más claramente posible:"

"Itulah sebabnya saya mengatakan ini seterus-terang mungkin:"

"No tenemos otra opción que deshacernos de este animal".

"Kita tiada pilihan selain menghapuskan haiwan ini."

"Hicimos lo mejor que pudimos para tolerar y cuidar a este animal".

"Kami telah melakukan yang terbaik untuk bertolak ansur dan menjaga haiwan ini."

"No creo que nadie pueda culparnos en lo más mínimo".

"Saya rasa sesiapa pun tidak boleh menyalahkan kami sedikit pun."

"Tiene mil veces razón", asintió el padre.

"Dia seribu kali betul," kata ayahnya bersetuju.

La madre aún no había recuperado del todo el aliento.

Ibu itu masih belum dapat bernafas sepenuhnya.

Ella empezó a toser sordamente en su mano, respirando con dificultad.

Dia mula batuk perlahan ke atas tangannya, bernafas dengan berat.

Y una expresión de locura comenzó a surgir en sus ojos.

Dan riak wajah yang tidak waras mula muncul di matanya.

La hermana corrió hacia su madre y le sujetó la frente.

Kakak itu meluru ke arah ibunya lalu memegang dahinya.

El padre pareció inspirarse en las palabras de la hermana.

Si ayah seolah-olah terinspirasi dengan kata-kata kakak itu.

Y sus pensamientos parecían ser más claros que antes.

Dan fikirannya kelihatan lebih jelas daripada sebelumnya.

Dejó de asentir con la cabeza y volvió a sentarse derecho.

Dia berhenti menganggukkan kepalanya, lalu duduk tegak semula.

Y jugaba con la gorra de sirviente, sumido en sus pensamientos.

Dan dia bermain dengan topi pelayannya, termenung jauh.

Los platos de los inquilinos todavía estaban sobre la mesa.

Pinggan-pinggan daripada penyewa masih berada di atas meja.

Y a veces miraba hacia el silencioso Gregor.

Dan kadangkala dia memandang ke arah Gregor yang pendiam.

"Tenemos que intentar deshacernos de él", le dijo la hermana.

"Kita mesti cuba menyingkirkannya," kata kakak itu kepadanya.

La madre estaba demasiado ocupada tosiendo como para escuchar.

Ibu itu terlalu asyik batuk sehingga tidak dapat mendengar.

"Los matará a ambos, ya lo veo venir."

"Ia akan membunuh kamu berdua, aku sudah dapat menjangkakannya."

"No podemos seguir trabajando tan duro como lo hacemos todos."

"Kita semua tidak boleh terus bekerja keras seperti yang kita lakukan."

"Y cada día tenemos que volver a casa y encontrarnos con esta tortura."

"Dan setiap hari kita perlu pulang ke rumah untuk menerima seksaan ini."

"No podemos soportarlo más. No puedo soportarlo."

"Kita tak tahan lagi. Saya tak tahan lagi."

Ella cayó ante su madre en un último estallido de lágrimas.

Dia jatuh ke arah ibunya dengan tangisan yang terakhir.

Las lágrimas cayeron por su rostro y sobre el de su madre.
Air mata jatuh membasahi wajahnya dan jatuh ke pipi ibunya.
Y se secó las lágrimas con un movimiento mecánico.
Dan dia mengesat air mata itu dengan gerakan mekanikal.
"Hijo mío", dijo el padre con voz compasiva.
"Anakku," kata ayahnya dengan suara yang penuh belas
kasihan.
Había profunda simpatía y comprensión en su voz.
Terdapat simpati dan pemahaman yang mendalam dalam
suaranya.
«Pero ¿qué debemos hacer?», confesó no saberlo.
"Tapi apa yang perlu kita buat?" dia mengaku tidak tahu.
La hermana simplemente se encogió de hombros con
impotencia.
Kakak itu hanya mengangkat bahunya tanda tidak berdaya.
Y su confianza anterior fue reemplazada nuevamente por
lágrimas.
Dan keyakinannya sebelum ini digantikan dengan air mata
sekali lagi.
«Si nos entendiera», dijo el padre en voz alta.
"Kalaulah dia faham kita," kata ayahnya dengan kuat.
Y se preguntó si tal vez Gregor entendía.
Dan dia separuh mempersoalkan sama ada Gregor faham.
La hermana simplemente sacudió su mano violentamente
mientras lloraba.
Kakak itu hanya menggelengkan tangannya dengan kuat
sambil menangis.
Y entonces ella señaló que no se debía pensar en esa idea.
Jadi dia memberi isyarat bahawa idea itu tidak sepatutnya
difikirkan.
«¡Si nos comprendiera!», repitió el padre.
"Tetapi kalaulah dia memahami kita," ulang si bapa.
Cerrando los ojos consideró la respuesta de la hermana.
Sambil memejamkan mata dia memikirkan jawapan kakak itu.
"Si lo entendiera se podría llegar a un acuerdo con él."
"Jika dia faham, satu perjanjian dengannya boleh dibuat."
"Pero estando las cosas como están..."

"Tetapi dengan keadaan yang seperti ini..."
"Tiene que irse", gritó la hermana, "es la única manera".
"Ia mesti pergi," jerit kakak itu, "itulah satu-satunya jalan."
"Tienes que deshacerte de la idea de que es Gregor".
"Awak kena buang jauh-jauh fikiran yang awak ni Gregor."
**"Que lo hayamos creído durante tanto tiempo es nuestra
verdadera desgracia."**
"Kerana kita mempercayainya begitu lama adalah malangnya
kita yang sebenar."
«¿Pero cómo puede ser Gregor?», le preguntó a su padre.
"Tetapi bagaimana mungkin Gregor?" dia bertanya kepada
ayahnya.
**"Sabía que un animal así no podía coexistir con los
humanos".**
"Dia tahu haiwan seperti itu tidak boleh wujud bersama
manusia."
**Gregor nos habría abandonado hace mucho tiempo,
voluntariamente.**
"Gregor pasti sudah lama meninggalkan kita, secara sukarela."
"Es cierto, entonces no tendríamos ningún hermano."
"Memang benar, kalau begitu kita tidak akan mempunyai
saudara lelaki."
"Pero podríamos seguir viviendo y honrar su memoria".
"Tetapi kita boleh terus hidup dan menghormati ingatannya."
**"Pero esta bestia nos persigue y ahuyenta a nuestros
labradores."**
"Tetapi binatang buas ini mengejar kami dan menghalau
penyewa kami."
"Es evidente que quiere apoderarse de todo el apartamento".
"Ia jelas mahu mengambil alih seluruh apartmen."
"Esta bestia quiere hacernos dormir en la calle."
"Binatang ini mahu membuat kita tidur di jalanan."
«Mira, padre», gritó de repente, «¡se mueve otra vez!»
"Tengok, ayah," tiba-tiba dia menjerit, "dia bergerak lagi!"
E hizo algo que ni siquiera Gregor pudo entender.
Dan dia melakukan sesuatu yang Gregor pun tidak faham.
Ella se apartó, como sacrificando a la madre.

Dia menolak dirinya, seolah-olah mengorbankan ibunya.

Y ella corrió detrás de su padre buscando algún tipo de seguridad.

Dan dia berlari di belakang ayahnya untuk mendapatkan keselamatan.

El padre estaba agitado únicamente porque su hija lo estaba.

Si bapa hanya berasa gelisah kerana anak perempuannya juga begitu.

Pero entonces él también se levantó y levantó los brazos sobre ella.

Tetapi kemudian dia juga berdiri, dan mengangkat tangannya ke atasnya.

Pero Gregor no tenía intención de asustar a nadie.

Tetapi Gregor tidak berniat untuk menakutkan sesiapa pun.

Sobre todo no pensó en asustar a su hermana.

Dia langsung tidak terfikir untuk menakutkan kakaknya.

Él sólo estaba intentando regresar a su habitación.

Dia hanya cuba berpatah balik ke arah biliknya.

Pero dado que su estado estaba empeorando, incluso esto era difícil.

Tetapi dalam keadaannya yang semakin teruk, ini pun sukar.

Y ya no tenía pleno uso de todas sus piernas.

Dan dia tidak dapat menggunakan sepenuhnya semua kakinya lagi.

Entonces usó su cabeza para levantar su cuerpo y girar.

Jadi dia menggunakan kepalanya untuk mengangkat badan dan memusingkan dirinya.

Hizo una pausa y miró a su alrededor esperando la aprobación de la familia.

Dia berhenti seketika, lalu memandang sekeliling untuk mendapatkan persetujuan keluarganya.

Su buena intención parecía haber sido reconocida.

Niat baiknya seolah-olah telah diakui.

Su movimiento sólo había sido un shock momentáneo para ellos.

Pergerakannya hanya mengejutkan mereka seketika.

Ahora todos lo miraban en un silencio infeliz.

Kini mereka semua memandangnya dalam diam yang tidak menyenangkan.

La madre seguía tumbada en el sillón, exhausta.

Ibu itu masih terbaring di kerusi malas, keletihan.

El padre y la hermana estaban sentados uno al lado del otro.

Ayah dan kakak itu duduk bersebelahan.

«Quizás ahora me dejen dar la vuelta», pensó Gregor.

"Mungkin sekarang mereka akan membiarkan saya berpatah balik," fikir Gregor.

Y continuó haciendo su torpe movimiento de giro.

Dan dia terus membuat pergerakan memusingnya yang janggal.

No podía reprimir los jadeos ocasionales de esfuerzo.

Dia tidak dapat menahan nafasnya yang sesekali tercungap-cungap tanda penat.

Y se vio obligado a descansar un par de veces entre uno y otro.

Dan dia terpaksa berehat beberapa kali di antara waktu-waktu tersebut.

Ya nadie le obligaba a apresurarse; la decisión estaba en sus manos.

Tiada sesiapa yang membuatnya tergesa-gesa sekarang; semuanya terserah kepadanya.

Al final completó el giro lento y doloroso.

Akhirnya dia menyelesaikan pusingan yang perlahan dan menyakitkan itu.

Inmediatamente comenzó a caminar directamente de regreso a su habitación.

Dia segera mula berjalan terus kembali ke biliknya.

Se sorprendió de lo lejos que estaba de su habitación.

Dia terkejut dengan betapa jauhnya dia dari biliknya.

¿Cómo, a pesar de su debilidad, había llegado allí antes?

Bagaimana, meskipun lemah, dia bisa sampai ke sana sebelum ini?

Había recorrido casi el mismo camino sin darse cuenta.

Dia telah melalui laluan yang hampir sama tanpa menyedarinya.

Ahora él sólo se concentró en gatear tan rápido como podía.
Dia hanya menumpukan perhatian untuk merangkak secepat yang dia boleh sekarang.
La falta de comentarios por parte de alguien no le inquietó.
Ketiadaan komen daripada sesiapa pun tidak mengganggunya.
Sólo cuando ya estaba en la puerta giró la cabeza.
Hanya apabila dia sudah berada di pintu, barulah dia memusingkan kepalanya.
Pero no pudo darse la vuelta para mirar hacia atrás por completo.
Tetapi dia tidak dapat berpaling untuk menoleh ke belakang sepenuhnya.
Porque sintió que su cuello se ponía aún más rígido al girarse.
Kerana dia merasakan lehernya semakin kaku ketika dia berpaling.
Pero vio que de todas formas nada había cambiado detrás de él.
Tetapi dia mendapati tiada apa yang berubah di belakangnya.
La única diferencia fue que su hermana se puso de pie.
Satu-satunya bezanya ialah kakaknya telah berdiri.
Su última mirada mostró que su madre se había quedado dormida.
Pandangan terakhirnya menunjukkan ibunya telah tertidur.
Tan pronto como estuvo dentro de su habitación la puerta se cerró.
Sebaik sahaja dia masuk ke dalam biliknya, pintu ditutup.
Y tan pronto como la puerta se cerró, el cerrojo quedó bloqueado.
Dan sebaik sahaja pintu ditutup, pintu itu terkunci.
Gregor se asustó por el ruido inesperado que se oía detrás.
Gregor ketakutan dengan bunyi bising yang tidak dijangka di belakangnya.
Y sus piernas se doblaron bajo él por la repentina sorpresa.
Dan kakinya terhuyung-hayang kerana terkejut secara tiba-tiba itu.

Fue la hermana quien corrió hacia la puerta detrás de él.

Kakak itu yang telah bergegas ke pintu di belakangnya.

Ella ya se encontraba allí de pie, esperándolo.

Dia sudah berdiri tegak di sana, dan menunggunya.

Luego saltó hacia delante ligeramente sin que Gregor la oyera.

Dia kemudian melompat ke hadapan dengan ringan tanpa didengari oleh Gregor.

"¡Por fin!" gritó en voz alta mientras giraba la llave.

"Akhirnya!" panggilnya kuat sambil memusingkan kunci.

"¿Y ahora qué?", se preguntó Gregor, solo en la oscuridad.

"Apa sekarang?" tanya Gregor pada dirinya sendiri, bersendirian dalam kegelapan.

Pronto descubrió que ya no podía moverse en absoluto.

Tidak lama kemudian, dia mendapati bahawa dia tidak lagi dapat bergerak sama sekali.

Pero no le sorprendió realmente su inmovilidad.

Tetapi dia tidak begitu terkejut dengan ketidakupayaannya.

Poder moverse con piernas tan delgadas parecía ridículo.

Dapat bergerak dengan kaki yang kurus begitu terasa mengarut.

No sabía cómo había sido capaz de hacerlo.

Dia tidak tahu bagaimana dia boleh melakukannya.

Pero aparte de eso se sentía relativamente cómodo.

Tetapi selain itu dia berasa agak selesa.

Es cierto que sentía un dolor profundo en todo el cuerpo.

Memang benar dia merasakan kesakitan yang mendalam di seluruh badannya.

Pero el dolor parecía hacerse cada vez más débil.

Namun rasa sakit itu seakan-akan semakin lemah.

Y sintió que el dolor eventualmente desaparecería.

Dan dia rasa kesakitan itu akhirnya akan hilang.

Ya casi no sentía la manzana podrida en su espalda.

Dia hampir tidak dapat merasakan epal busuk itu di belakangnya lagi.

Pensó en su familia con emoción y amor.

Dia mengenang kembali keluarganya dengan penuh emosi dan kasih sayang.

Sintió las emociones de su hermana incluso más que ella misma.

Dia lebih memahami perasaan adiknya berbanding adiknya.

Ella tenía razón en lo que había dicho: él tenía que irse.

Dia betul dengan apa yang dia katakan; dia perlu pergi.

Pasó algún tiempo en ese estado vacío y pacífico.

Dia menghabiskan beberapa lama dalam keadaan kosong dan damai ini.

El reloj dio tres veces, silenciosamente, pero con firmeza.

Jam berdenting tiga kali, perlahan tetapi tegas.

Gregor fue sacado suavemente de sus meditaciones.

Gregor perlahan-lahan tersedar daripada renungannya.

Observó cómo la luz de la mañana entraba lentamente en su habitación.

Dia memerhatikan cahaya pagi yang perlahan-lahan masuk ke dalam biliknya.

Entonces su cabeza se hundió por completo, sin su voluntad.

Kemudian kepalanya tertunduk sepenuhnya, tanpa kerelaannya.

Y su último aliento fluyó débilmente de su nariz.

Dan nafas terakhirnya mengalir lemah dari lubang hidungnya.

La criada entró en su habitación temprano en la mañana.

Pembantu rumah itu masuk ke biliknya awal pagi.

No encontró nada inusual durante su corta visita habitual.

Dia tidak menemui apa-apa yang luar biasa semasa lawatan singkatnya yang biasa.

Con fuerza y prisa cerró de golpe todas las puertas.

Dengan kekuatan dan ketergesaan, dia menutup semua pintu dengan kuat.

No fue posible dormir tranquilo en todo el apartamento.

Tiada tidur yang nyenyak yang dapat dilakukan di seluruh apartmen.

Le habían pedido que evitara hacer esto por la mañana.

Dia telah diminta untuk mengelak daripada melakukan ini pada waktu pagi.

Ella pensó que él yacía allí inmóvil a propósito.
Dia sangkakan lelaki itu sengaja terbaring di situ sehingga tidak bergerak.

Quizás quería demostrarle que estaba ofendido.
Mungkin dia mahu menunjukkan kepadanya bahawa dia tersinggung.

Ella confiaba en que él tenía todo tipo de inteligencia.
Dia percaya lelaki itu mempunyai pelbagai jenis kecerdasan.

Ella sostenía por casualidad la escoba larga en su mano.
Kebetulan dia sedang memegang penyapu panjang di tangannya.

Entonces, desde la puerta, intentó hacerle un poco de cosquillas a Gregor.
Jadi, dari pintu, dia cuba menggeletek Gregor sedikit.

Ella estaba un poco molesta porque él no respondió en absoluto.
Dia agak kesal kerana lelaki itu langsung tidak memberi sebarang reaksi.

Así que esta vez lo empujó un poco más firmemente.
Jadi dia menolaknya sedikit lebih kuat kali ini.

Cuando él no ofreció resistencia, ella lo miró más de cerca.
Apabila dia tidak menunjukkan sebarang tentangan, dia memerhatikan dengan lebih dekat.

Pronto se dio cuenta de lo que realmente le había sucedido a Gregor.
Dia segera menyedari apa yang sebenarnya telah berlaku kepada Gregor.

Abrió más los ojos y silbó para sí misma.
Dia membuka matanya lebih lebar, dan bersiul sendirian.

Pero no perdió mucho tiempo antes de abrir la puerta.
Namun dia tidak membuang masa sebelum membuka pintu.

Y clamó a gran voz en la oscuridad:
Dan dia berseru dengan suara nyaring ke dalam kegelapan:

"Ven a echarle un vistazo, ahí está, completamente muerto."
"Mari dan lihatlah, di situlah ia terbaring, mati sepenuhnya,"

Los dos padres estaban sentados erguidos en el lecho conyugal.

Kedua ibu bapa itu duduk tegak di atas katil perkahwinan mereka.

Primero tuvieron que superar el impacto del ruido.

Mula-mula mereka terpaksa mengatasi kejutan bunyi bising itu.

Pero poco a poco empezaron a comprender su mensaje.

Tetapi kemudian mereka perlahan-lahan mula memahami mesejnya.

El señor y la señora Samsa saltaron cada uno de su lado de la cama.

Encik dan Puan Samsa masing-masing melompat keluar dari sisi katil mereka.

El señor Samsa se echó la gruesa manta sobre los hombros.

Encik Samsa menyarungkan selimut tebal itu ke atas bahunya.

Y la señora Samsa salió sin nada más que su camisón.

Dan Puan Samsa keluar hanya dengan baju tidurnya.

Y así entraron en la habitación de Gregor.

Dan begitulah cara mereka masuk ke dalam bilik Gregor.

Mientras tanto, la puerta de la sala de estar también se había abierto.

Sementara itu, pintu ruang tamu juga telah terbuka.

Grete había dormido allí desde que los inquilinos se mudaron.

Grete telah tidur di sana sejak penyewa berpindah masuk.

Estaba completamente vestida como si no hubiera dormido en absoluto.

Dia berpakaian lengkap seolah-olah dia tidak tidur langsung.

Su rostro pálido también parecía demostrar su falta de sueño.

Wajahnya yang pucat juga seolah-olah membuktikan dia kurang tidur.

"¿Está muerto?" preguntó la señora Samsa, mirando a la criada.

"Dia sudah mati?" tanya Puan Samsa sambil memandang pembantu rumah itu.

Ella podría haberlo confirmado mirándolo ella misma.
Dia boleh mengesahkan perkara ini dengan melihatnya sendiri.
"Creo que sí", dijo la criada cogiendo la escoba.
"Saya rasa begitu," kata pembantu rumah itu sambil mengambil penyapu.
Y ella empujó su cuerpo muy lejos por el suelo.
Dan dia menolak badannya jauh ke atas lantai.
La señora Samsa hizo un movimiento como si quisiera detenerla.
Puan Samsa membuat pergerakan seolah-olah dia mahu menghentikannya.
Pero al final dejó que la criada llevara a Gregor de un lado a otro.
Tetapi akhirnya dia membiarkan pembantu rumah itu menggoyangkan Gregor.
—Bueno —dijo el señor Samsa—, por fin podemos dar gracias a Dios.
"Baiklah," kata Encik Samsa, "akhirnya kita dapat bersyukur kepada Tuhan."
Hizo la señal de la cruz; cabeza, pecho, hombros.
Dia membuat tanda salib; kepala, dada, bahu.
Y las tres mujeres siguieron su ejemplo religioso.
Dan ketiga wanita itu mengikuti teladan agamanya.
Grete, que no apartaba la vista del cadáver, dijo:
Grete, yang tidak mengalihkan pandangannya dari mayat itu, berkata;
"Mira qué delgado estaba, hacía tanto tiempo que no comía."
"Tengoklah dia kurus macam mana, dah lama dia tak makan."
"La comida que le dejaba cada mañana siempre estaba intacta."
"Makanan yang saya tinggalkan untuknya setiap pagi sentiasa tidak disentuh."
De hecho, el cuerpo de Gregor estaba completamente plano y seco.
Malah, badan Gregor benar-benar rata dan kering.
Esto era más visible ahora que estaba en el suelo.

Ini lebih ketara sekarang setelah dia berada di atas tanah.

Porque su cuerpo ya no era levantado por sus piernas.

Kerana badannya tidak lagi diangkat oleh kakinya.

Y porque no había nada más que distrajera la vista.

Dan kerana tiada apa-apa lagi yang mengganggu
pemandangan.

—Ven un rato con nosotros, Grete —dijo la señora Samsa.

"Marilah masuk bersama kami sebentar, Grete," kata Puan
Samsa.

Había una sonrisa dolorosa en sus labios mientras hablaba.

Ada senyuman pedih di bibirnya ketika dia berkata-kata.

Grete los siguió, pero también miró hacia el cadáver.

Grete mengikuti mereka, tetapi juga menoleh ke belakang ke
arah mayat itu.

La criada cerró la puerta y abrió completamente la ventana.

Pembantu rumah itu menutup pintu dan membuka tingkap
sepenuhnya.

**Todavía era temprano, por lo que normalmente el aire
estaría frío.**

Hari masih awal, jadi biasanya udaranya sejuk.

Pero también había una mezcla de calidez en el aire frío.

Tetapi terdapat juga campuran kehangatan dalam udara yang
sejuk.

Como un suave recordatorio de que ya era finales de marzo.

Seperti peringatan lembut bahawa sekarang sudah
penghujung bulan Mac.

Los tres inquilinos ahora también salieron de su habitación.

Ketiga-tiga penyewa itu kini turut melangkah keluar dari bilik
mereka.

**Miraron a su alrededor con asombro en busca de su
desayuno.**

Mereka memandang sekeliling dengan penuh kehairanan
untuk mencari sarapan mereka.

El desayuno fue olvidado por lo que encontró la criada.

Sarapan pagi terlupa kerana apa yang ditemui oleh pembantu
rumah itu.

"¿Dónde está el desayuno?" se quejó el caballero del medio.

"Mana sarapan?" rungut lelaki tengah itu.

La criada se llevó el dedo a la boca para ordenar silencio.

Pembantu rumah itu meletakkan jarinya ke mulut untuk menyuruh orang senyap.

Y ella rápidamente y en silencio saludó a los caballeros.

Dan dia tergesa-gesa dan senyap melambai kepada tuan-tuan itu.

La criada acompañó a los tres caballeros a la habitación.

Pembantu rumah itu memimpin ketiga-tiga lelaki itu masuk ke dalam bilik.

Y continuó explicándoles lo que había sucedido.

Dan dia terus menjelaskan kepada mereka apa yang telah berlaku.

Y los tres caballeros estaban alrededor del cadáver de Gregor.

Dan ketiga-tiga lelaki itu berdiri di sekeliling mayat Gregor.

Con las manos en los bolsillos miraron hacia abajo.

Dengan tangan di dalam poket mereka, mereka memandang ke bawah.

La luz de la mañana ahora había inundado completamente la habitación.

Cahaya pagi telah membanjiri sepenuhnya bilik itu sekarang.

Entonces se abrió la puerta del dormitorio y apareció el señor Samsa.

Kemudian pintu bilik tidur terbuka dan Encik Samsa muncul.

A un lado estaba su esposa y al otro su hija.

Di satu sisi terdapat isterinya, dan di sisi yang lain terdapat anak perempuannya.

Para entonces el señor Samsa ya llevaba puesto su uniforme.

Encik Samsa sudah pun memakai pakaian seragamnya sekarang.

Se podía ver que todos habían estado llorando un poco.

Dapat dilihat bahawa mereka semua menangis sedikit.

Grete presionó su cara contra el brazo de su padre.

Grete merapatkan mukanya ke lengan ayahnya.

"¡Sal de mi apartamento inmediatamente!" ordenó el señor Samsa.

"Tinggalkan apartmen saya sekarang!" perintah Encik Samsa.
Y señaló la puerta sin dejar salir a las mujeres.
Dan dia menunjuk ke pintu tanpa melepaskan wanita-wanita itu.
"¿Qué quieres decir?" preguntó el intermediario desconcertado.
"Apa maksud awak?" tanya orang tengah itu, keliru.
Y él hizo lo mejor que pudo para sonreír dulcemente al señor Samsa.
Dan dia sedaya upaya tersenyum manis kepada Encik Samsa.
Los otros dos llevaban las manos tras la espalda.
Dua orang yang lain memegang tangan mereka di belakang badan.
Y se frotaron las manos con anticipación.
Dan mereka menggosok tangan mereka bersama-sama tanda teruja.
Parecía que esperaban que se produjera una fuerte pelea.
Mereka seolah-olah menjangkakan akan ada pergaduhan yang kuat.
Pero ellos parecían estar contentos con la discusión que se avecinaba.
Tetapi mereka nampaknya gembira dengan pertengkaran yang akan datang.
Creían que la disputa sería a su favor.
Mereka beranggapan bahawa pertikaian itu akan memihak kepada mereka.
"Quiero decir exactamente lo que acabo de decir", respondió el señor Samsa.
"Saya betul-betul maksudkan apa yang saya katakan tadi," jawab Encik Samsa.
Caminó en línea recta con sus dos compañeros.
Dia berjalan lurus bersama dua orang rakannya.
Y el señor Samsa se dirigió directamente a su caballero principal.
Dan Encik Samsa terus menghampiri ketua lelaki mereka.
El caballero primero se quedó quieto, mirando al suelo.
Lelaki itu mula-mula berdiri kaku, memandang ke tanah.

El contenido de su cabeza todavía estaba ordenándose.
Isi kepalanya masih tersusun rapi.
—Está bien, nos vamos —dijo y miró al señor Samsa.
"Baiklah, kami pergi," katanya lalu mendongak memandang
Encik Samsa.
Una nueva humildad pareció apoderarse de él de repente.
Satu kerendahan hati baru seolah-olah tiba-tiba menguasai
dirinya.
Y parecía estar pidiendo permiso para esta decisión.
Dan dia seolah-olah meminta izin untuk keputusan ini.
El señor Samsa abrió mucho los ojos y asintió un poco.
Encik Samsa membuka matanya luas-luas dan mengangguk
sedikit.
Los caballeros obedecieron inmediatamente su orden.
Para lelaki itu segera mematuhi arahannya.
Y efectivamente dieron largos pasos por el pasillo.
Dan mereka sebenarnya telah melangkah jauh ke dalam
lorong.
Sus amigos ya habían dejado de frotarse las manos.
Kawan-kawannya sudah berhenti menggosok tangan mereka.
Habían estado escuchando cómo iba la conversación.
Mereka sedang mendengar bagaimana perbualan itu berjalan.
Y ahora corrían tras él, como si tuvieran miedo.
Dan mereka kini mengejarnya, seolah-olah dalam ketakutan.
El señor Samsa aún podría aislarlos de su líder.
Encik Samsa mungkin masih mengasingkan mereka daripada
pemimpin mereka.
Sacaron sus palos del contenedor.
Mereka mengeluarkan kayu mereka dari bekas kayu itu.
Y se inclinaron en silencio antes de salir del apartamento.
Dan mereka tunduk tanpa suara sebelum meninggalkan
apartmen itu.
El señor Samsa y las dos mujeres salieron del patio
delantero.
Encik Samsa dan kedua-dua wanita itu melangkah keluar dari
halaman rumah.

Pero en realidad no tenían motivos para desconfiar de los hombres.

Tetapi sebenarnya mereka tidak mempunyai sebab untuk tidak mempercayai lelaki-lelaki itu.

Se apoyaron en la barandilla para comprobar si se habían ido.

Mereka bersandar pada pagar untuk memeriksa sama ada mereka telah pergi.

Los tres caballeros efectivamente estaban bajando las escaleras.

Ketiga-tiga lelaki itu memang sedang menuruni tangga.

En un determinado recodo de la escalera desaparecieron.

Di selekoh tangga tertentu mereka hilang.

Y entonces la escalera los trajo de nuevo a la vista.

Dan kemudian tangga itu membawa mereka kembali ke pandangan.

Esta aparición y desaparición se repite en cada piso.

Kemunculan dan penghilangan ini berulang di setiap tingkat.

Pero al final casi habían llegado al fondo.

Tetapi akhirnya mereka hampir sampai ke dasar.

Cuanto más avanzaban, más aburridos parecían.

Semakin jauh mereka pergi, semakin tidak menarik perhatian mereka.

Todos regresaron a casa, como si se sintieran aliviados.

Semua orang kembali ke rumah, seolah-olah lega.

Decidieron aprovechar el día para descansar y salir a pasear.

Mereka memutuskan untuk menggunakan hari itu untuk berehat dan berjalan-jalan.

Sentían que merecían este descanso de su trabajo.

Mereka merasakan mereka berhak mendapat rehat daripada kerja mereka ini.

No sólo merecían este descanso, sino que lo necesitaban.

Bukan sahaja mereka layak mendapat rehat ini, mereka juga memerlukannya.

Se sentaron a la mesa para escribir cartas de disculpas.

Mereka duduk di meja untuk menulis surat permohonan maaf.

El señor Samsa escribió una carta de disculpas a su dirección.
Encik Samsa menulis surat permohonan maaf kepada pihak pengurusannya.
La señora Samsa escribió su carta de disculpas a sus clientes.
Puan Samsa menulis surat permohonan maaf kepada pelanggannya.
Y Grete escribió su carta de disculpa a su director.
Dan Grete menulis surat permohonan maafnya kepada pengetuanya.
Mientras todos escribían, la criada llegó a la habitación.
Ketika mereka semua sedang menulis, pembantu rumah itu masuk ke bilik itu.
Su trabajo de la mañana había terminado, por lo que se dirigía a casa.
Kerja paginya sudah selesai, jadi dia akan pulang ke rumah.
Los tres escritores asintieron al principio, sin levantar la vista.
Ketiga-tiga penulis itu mengangguk pada mulanya, tanpa mendongak.
Pero la criada no parecía querer irse todavía.
Tetapi pembantu rumah itu nampaknya belum mahu pergi sepenuhnya.
Esperó un poco, hasta que los tres escritores levantaron la vista.
Dia menunggu sebentar, sehingga ketiga-tiga penulis itu mendongak.
"¿Y bien?" preguntó el señor Samsa, enojado como los demás.
"Nah?" tanya Encik Samsa, marah, seperti yang lain.
La criada estaba parada en la puerta con una sonrisa en su rostro.
Pembantu rumah itu berdiri di muka pintu dengan senyuman di wajahnya.
Dio la impresión de tener buenas noticias que informar.
Dia memberi gambaran seolah-olah ada berita baik untuk dilaporkan.

Pero ella no iba a compartir la noticia a menos que se lo pidieran.
Tetapi dia tidak akan berkongsi berita itu melainkan diminta.
La pluma de avestruz erguida sobre su sombrero se balanceaba ligeramente.
Bulu burung unta yang tegak di topinya bergoyang sedikit.
Aquella pluma de avestruz siempre había molestado al señor Samsa.
Bulu burung unta itu selalu mengganggu Encik Samsa.
—Entonces, ¿qué quieres? —preguntó la señora Samsa con firmeza.
"Jadi, apa yang kamu mahukan?" tanya Puan Samsa, tegas.
La criada todavía tenía mucho respeto por la señora Samsa.
Pembantu rumah itu masih sangat menghormati Puan Samsa.
"Sí", respondió ella y soltó una carcajada amistosa.
"Ya," jawabnya, lalu ketawa mesra.
Por un momento su risa le impidió hablar.
Seketika tawanya menghentikannya daripada berkata-kata.
"No tienes que preocuparte por esa cosa de al lado".
"Awak tak payah risau pasal benda sebelah tu."
"Ya he decidido cómo nos desharemos de él".
"Saya sudah mengatur cara bagaimana kita akan menyingkirkannya."
La señora Samsa y Grete continuaron escribiendo sus cartas.
Puan Samsa dan Grete terus menulis surat mereka.
Pero el señor Samsa se dio cuenta de que la criada aún no había terminado.
Tetapi Encik Samsa perasan pembantu rumah itu belum selesai lagi.
Ahora quería describir todo con más detalle.
Sekarang dia mahu menerangkan semuanya dengan lebih terperinci.
Pero él extendió su mano para rechazar sus esfuerzos.
Namun dia menghulurkan tangannya untuk menolak usaha wanita itu.
Se dio cuenta de que no estaban interesados en sus planes.
Dia sedar mereka tidak berminat dengan rancangannya.

Y entonces recordó la gran prisa en la que había estado.

Dan kemudian dia teringat akan kesibukan yang dialaminya.

"Ciao entonces", dijo ella, insultada por la falta de interés.

"Ciao kalau begitu," katanya, tersinggung dengan kurangnya minat itu.

Pero antes de irse cerró la puerta de un golpe terriblemente fuerte.

Namun sebelum dia pergi, dia menghempas pintu dengan kuat.

"La despedirán esta noche", dijo el señor Samsa.

"Dia akan dipecat pada waktu petang," kata Encik Samsa.

Pero su esposa y su hija estaban demasiado ocupadas para responderle.

Tetapi isteri dan anak perempuannya terlalu sibuk untuk menjawabnya.

Porque la criada había perturbado la paz recién adquirida.

Kerana pembantu rumah itu telah mengganggu ketenteraman mereka yang baru diperoleh.

La madre y la hija se levantaron para ir a la ventana.

Ibu dan anak perempuan itu bangun untuk pergi ke tingkap.

Y abrazados se quedaron allí.

Dan dengan pelukan antara satu sama lain, mereka kekal di situ.

El señor Samsa se giró en su silla para mirarlos.

Encik Samsa berpusing di kerusinya untuk memandang mereka.

Y por un rato los observó en silencio mientras estaban allí de pie.

Dan untuk seketika dia diam-diam memerhatikan mereka berdiri di sana.

Finalmente les gritó: "¿Queréis venir a mí?"

Akhirnya dia berseru kepada mereka, "sudikah kamu datang kepadaku?"

"Olvidémonos de todas esas cosas viejas, ¿de acuerdo?"

"Kita lupakan semua perkara lama tu, boleh?"

"Ven a mí y dame un poco de tu atención."

"Datanglah kepadaku dan berikan aku sedikit perhatianmu."

Las dos mujeres hicieron lo que él les dijo y corrieron hacia él.

Kedua-dua wanita itu melakukan seperti yang dikatakannya, lalu bergegas ke arahnya.

Le dieron un abrazo cariñoso y le besaron.

Mereka memeluknya dengan penuh kasih sayang, dan menciumnya.

Regresaron rápidamente para terminar de escribir sus cartas.

Mereka cepat-cepat kembali untuk menyelesaikan penulisan surat mereka.

Luego los tres abandonaron el apartamento juntos.

Kemudian mereka bertiga keluar dari apartmen itu bersama-sama.

No habían salido juntos de casa desde hacía meses.

Mereka sudah berbulan-bulan tidak keluar rumah bersama.

Y tomaron el tranvía hasta las afueras de la ciudad.

Dan mereka menaiki trem ke pinggir bandar.

Tenían todo el vagón del tranvía para ellos solos.

Mereka mempunyai seluruh gerabak trem itu untuk diri mereka sendiri.

La luz del sol entraba a raudales por la ventana desde el exterior.

Cahaya matahari masuk dengan pantas melalui tingkap dari luar.

La familia se reclinó cómodamente en sus asientos.

Keluarga itu bersandar dengan selesa di tempat duduk mereka.

Y discutieron las perspectivas para su futuro.

Dan mereka membincangkan prospek masa depan mereka.

Al examinarlos más de cerca, sus perspectivas no eran malas.

Setelah diperiksa dengan lebih teliti, prospek mereka tidaklah buruk.

Los tres tenían trabajos con potencial para ganar más.

Ketiga-tiga mereka mempunyai pekerjaan yang berpotensi untuk memperoleh pendapatan lebih.

Nunca se habían preguntado sobre su trabajo.

Mereka tidak pernah bertanya antara satu sama lain tentang kerja mereka.

Pero ahora finalmente tenían tiempo para discutir esas cosas.

Tetapi kini mereka akhirnya mempunyai masa untuk membincangkan perkara-perkara seperti itu.

También tenían la opción de mudarse a un apartamento más pequeño.

Mereka juga mempunyai pilihan untuk berpindah ke apartmen yang lebih kecil.

Esto tendría el mayor impacto en sus vidas.

Ini akan memberi impak yang paling besar kepada kehidupan mereka.

Su apartamento actual había sido elegido por Gregor.

Apartmen mereka sekarang telah dipilih oleh Gregor.

Pero ahora podrían mudarse a algún lugar más asequible.

Tetapi sekarang mereka boleh berpindah ke tempat yang lebih berpatutan.

Un apartamento más pequeño, pero en un lugar más práctico.

Sebuah apartmen yang lebih kecil, tetapi di tempat yang lebih praktikal.

Hablar sobre el futuro hizo que Grete se sintiera nuevamente más animada.

Bercakap tentang masa depan membuatkan Grete lebih bersemangat semula.

El señor y la señora Samsa también notaron otros cambios en ella.

Encik dan Puan Samsa juga perasan perubahan lain pada dirinya.

Sus mejillas se habían vuelto pálidas por todas sus preocupaciones.

Pipinya menjadi pucat kerana segala kerisauannya.

Pero ahora su hija se estaba convirtiendo en una bella dama.

Tetapi kini anak perempuan mereka berkembang menjadi seorang wanita yang baik.

Ahora ella realmente era una joven bien formada y hermosa.

Dia benar-benar seorang wanita muda yang tegap dan cantik sekarang.

Sus padres guardaron silencio y admiraron a su hija.

Ibu bapanya menjadi pendiam dan mengagumi anak perempuan mereka.

Se miraron el uno al otro comunicándose inconscientemente.

Mereka saling berpandangan sambil berkomunikasi tanpa sedar.

"Pronto llegará el momento de encontrar un buen hombre para ella."

"Tidak lama lagi akan tiba masanya untuk mencari lelaki yang baik untuknya."

El tranvía había llegado a su destino y redujo la velocidad.

Trem itu telah sampai ke destinasinya dan memperlahankan kenderaannya.

Su hija pareció confirmar sus nuevos sueños.

Anak perempuan mereka seolah-olah mengesahkan mimpi baharu mereka.

Ella fue la primera en levantarse y estirar su joven cuerpo.

Dia orang pertama yang berdiri dan meregangkan badannya yang muda.